CICATRICES DEL ALMA

CAROLE MORTIMER

 HARLEQUIN™

Editado por Harlequin Ibérica.
Una división de HarperCollins Ibérica, S.A.
Núñez de Balboa, 56
28001 Madrid

© 2009 Carole Mortimer
© 2016 Harlequin Ibérica, una división de HarperCollins Ibérica, S.A.
Cicatrices del alma, n.º 2461 - 20.4.16
Título original: The Infamous Italian's Secret Baby
Publicada originalmente por Mills & Boon®, Ltd., Londres.
Este título fue publicado originalmente en español en 2010

I.S.B.N.: 978-84-687-7871-6
Depósito legal: M-3000-2016
Impresión en CPI (Barcelona)
Fecha impresion para Argentina: 17.10.16
Distribuidor exclusivo para España: LOGISTA
Distribuidores para México: CODIPLYRSA y Despacho Flores
Distribuidores para Argentina: Interior, DGP, S.A. Alvarado 2118.
Cap. Fed./Buenos Aires y Gran Buenos Aires, VACCARO HNOS.

Prólogo

LA fiesta es fuera, junto a la piscina.

Bella se quedó paralizada en el umbral, escrutando las sombras de la habitación no iluminada a la que había entrado por error... un estudio o una sala, a juzgar por las librerías y el escritorio. Apretó la mano sobre el picaporte cuando al fin vio la silueta de la figura grande e imponente sentada detrás del escritorio.

El hombre se hallaba completamente inmóvil, y esa misma quietud representaba un eco del desafío y el peligro en el tono de su voz. Por la luz que entraba desde el pasillo a su espalda, pudo vislumbrar el pelo negro sobre unos hombros anchos y el pecho poderoso cubiertos por una especie de polo oscuro.

Tragó saliva antes de hablar.

—Buscaba el cuarto de baño...

—Como puedes ver, no es este —respondió él con voz divertida y algo de acento. Al hablar, la tensión desapareció y se reclinó en el sillón, con la cabeza ladeada mientras estudiaba la silueta del umbral—. O quizá no puedes ver...

Bella apenas dispuso de tiempo de darse cuenta de que la voz ronca le sonaba vagamente familiar cuando oyó el clic de un interruptor y una luz iluminó el escritorio con un resplandor suave y cálido. Y de inmediato reconoció al hombre sentado detrás.

¡Gabriel Danti!

Sintió que el corazón le daba un vuelco al mirar al hombre tan atractivo que tenía ante ella. El tupido pelo oscuro y los ojos de color chocolate eran casi negros por su intensidad. La piel cetrina exhibía una nariz recta y aristocrática, pómulos altos, una boca carnosa y sensual y un mentón cuadrado y arrogante, suavizado únicamente por el leve hoyuelo que lucía en el centro.

Era la cara por la que miles, no, millones de mujeres del mundo suspiraban. Soñaban. ¡Babeaban!

Italiano de nacimiento, Gabriel Danti era, con veintiocho años, el campeón actual de una Fórmula Uno que ya iba por el quinto mes de la nueva temporada. Aparte de ser favorito de ricos y famosos a ambos lados del Atlántico, era hijo único y heredero de Cristo Danti, presidente de los negocios y del imperio vinícola de los Danti, con viñedos en Italia y los Estados Unidos.

Mientras por su cabeza pasaban todas esas cosas, también fue consciente de que esa casa en la campiña de Surrey era el hogar inglés de Gabriel y que en realidad él era el anfitrión de la ruidosa fiesta que tenía lugar junto a la piscina. Entonces, ¿qué hacía ahí sentado en la oscuridad?

Se humedeció los labios.

—Lamento muchísimo haberte molestado. De verdad andaba buscando el cuarto de baño —sonrió con timidez. Qué terrible que la primera y probablemente única vez que pudiera hablar con Gabriel Danti, ¡fuera porque necesitaba encontrar el cuarto de baño!

Gabriel realizó un estudio minucioso de la mujer pequeña y de cabello oscuro de pie en el umbral de su estudio. Una mujer joven, en absoluto parecida a las rubias altas de piernas kilométricas con las que solía salir... «ni a la traicionera Janine», dijo lúgubremente para sus adentros.

Tenía el cabello largo y lacio, negro como el ébano y le caía suavemente sobre los hombros. La frente se la cubría un flequillo que resaltaba el rostro con forma de corazón, pálido y suave como el alabastro... dominado por un par de ojos de un inusual tono violeta como jamás había visto. Los labios carnosos resultaban sensuales e invitadores.

Bajó la vista al suave jersey de lana que llevaba, del mismo tono violeta que sus ojos. Los dos botones superiores estaban abiertos y revelaban el inicio de unos pechos asombrosamente plenos... y, si no se equivocaba, desnudos bajo la fina lana, lo que hacía que su cintura esbelta lo pareciera aún más en comparación. Las caderas estrechas y las piernas quedaban perfectamente definidas por unos vaqueros ceñidos.

Ese prolongado y pausado escrutinio le indicó que no la conocía.

¡Pero deseaba corregir eso!

Bella dio un involuntario paso atrás cuando Gabriel Danti se levantó y reveló que llevaba una camisa de seda negra que caía con fluidez sobre los músculos duros de sus hombros y pecho. Tenía los puños remangados hasta debajo de los codos, mostrando unos antebrazos ligeramente sombreados por un vello negro.

Medía como mínimo treinta centímetros más que su metro cincuenta y cinco y de inmediato dominó el espacio a su alrededor. Con cierta alarma, Bella comprendió que le era imposible moverse mientras ese alto italiano cruzaba la estancia con pasos felinos y se detenía a unos centímetros de ella. De inmediato la algarabía de la fiesta desapareció y sólo pudo oír a Gabriel.

Al descubrir que se hallaba como en una bruma, incapaz de apartar la vista de la oscura belleza de su cara, pensó que se había equivocado. Gabriel Danti no era atractivo; era, sencillamente, hermoso.

Pudo sentir el calor que emanaba del cuerpo de él, oler la loción para después del afeitado, la fragancia masculina que invadió y reclamó sus sentidos, llenándola con un letargo cálido y la necesidad de acercarse a esa embriagadora masculinidad.

En el último instante tuvo que alzar la mano para evitar que su cuerpo se pegara al de Gabriel. Cerró los dedos sobre la seda negra de la camisa de él y sintió el batir regular del corazón contra las yemas de sus dedos.

¿Qué le estaba pasando?

Jamás reaccionaba de esa manera con los hombres. Al menos, nunca antes lo había hecho...

Tenía que...

Se quedó paralizada cuando Gabriel Danti alzó una de esas manos elegantes y tan diestras en el manejo de un volante a velocidades vertiginosas y le tomó el mentón, mientras con el dedo pulgar le acariciaba el labio inferior.

El calor hormigueante que experimentó bajó por su cuerpo y se asentó con ardor entre sus muslos.

—Tienes los ojos más hermosos que he visto en mi vida.

La voz sonó ronca y baja, como si fuera consciente de que cualquier otra cosa rompería el hechizo que los rodeaba.

–Tú también –musitó Bella; tenía el pecho agitado por el esfuerzo que le requería respirar.

Él emitió una risa ronca antes de que su mirada se tornara más intensa e inquisitiva.

–¿Has venido con alguien?

Ella parpadeó, tratando de pensar.

–Yo... estoy con un grupo de amigos –movió la cabeza con timidez mientras los ojos de él la obligaban a responder–. Sean es el sobrino de uno de tus mecánicos.

–¿Es tu novio? –su voz proyectó un leve tono cortante ausente momentos antes.

–¡Cielos, no! –negó con una sonrisa y el cabello le cayó sobre los pechos–. Sólo vamos juntos a la universidad. Espero que no te importe que Sean trajera a algunos de sus amigos –frunció el ceño–. Su tío dijo que...

–No me importa –cortó él para tranquilizarla–. Veo que tienes ventaja, ya que conoces mi nombre... –sonrió, a la espera.

Ella se ruborizó levemente.

–Soy Bella –repuso con voz ronca.

–¿Bella?

–Isabella. Pero todo el mundo me llama Bella.

Gabriel no supo si quería formar parte de «todo el mundo» en lo concerniente a esa mujer tan fascinante. Enarcó una ceja.

–¿Eres italiana?

–No –rio suavemente, mostrando unos dientes pequeños y blancos–. Mi madre le permitió a mi padre, que es médico, elegir los nombres de mi hermana pequeña y el mío, y eligió los nombres de dos de sus modelos y actrices favoritas: Isabella y Claudia. Cuando mi hermano nació hace seis años, le tocó elegir a mi madre. Eligió Liam. Por el actor. Un irlandés alto que mi madre describe como un hombre con unos «ojos azules muy sexys»...

–Lo conozco –reconoció él.

–¿Lo conoces personalmente? –fue consciente de que hablaba demasiado de cosas que no debían tener interés alguno para un hombre como Gabriel Danti. Lo achacó a los nervios. A la incapacidad de pensar con coherencia sintiendo los dedos de él en su barbilla.

–Así es –sonrió–. Por supuesto, no puedo confirmar que sus ojos sean sexys, pero...

–Ahora te estás burlando de mí –le reprochó con timidez.

–Sólo un poco –murmuró–. ¿Has dicho que vas a la universidad?

–Iba –corrigió con pesar–. Acabé el mes pasado.

Eso le reveló que tendría unos veintiuno o veintidós años.

–¿Qué estudiabas.

–Arte e Historia.

–¿Con vistas a enseñar, quizá?

–La verdad es que aún no estoy segura. Espero algo que abarque ambas cosas –se encogió de hombros.

Con su altura superior, el movimiento le brindó a Gabriel un vistazo de la plenitud de esos pechos.

No recordaba haberse sentido tan instantáneamente atraído alguna vez por una mujer. Era consciente de cada músculo y tendón de su propio cuerpo y de los de ella. Potenciaba una necesidad y un apetito interiores que demandaban que esas curvas esbeltas se acoplaran contra los planos duros de su cuerpo. Íntimamente.

Ella emitió una risa nerviosa al ver cómo los ojos de él se habían oscurecido.

–Si me disculpas, creo que iré en busca del cuarto de baño...

–Es el siguiente cuarto a este, a la derecha –interrumpió él sin soltarle la barbilla–. En tu ausencia, sugiero ir a buscar una botella de champán y unas copas y que luego localicemos un sitio más cómodo donde continuar esta conversación, ¿te parece?

¿Qué conversación? ¡Estaba segura de que Gabriel Danti no quería oír más sobre su licenciatura en Arte e Historia o su familia!

–¿No deberías volver con tus invitados? –frunció el ceño.

Rio con leve perversidad.

–¿Suena como si me echaran de menos?

La fiesta sonaba más ruidosa y más descontrolada que nunca, lo cual costaba creer, pues varios invitados ya se habían desnudado y arrojado a la piscina antes de que ella fuera en busca de un cuarto de baño. La fiesta daba la impresión de estar fuera de control de un modo que la incomodaba.

Le había parecido divertido cuando Sean Davies había invitado a algunos de sus excompañeros de estudios a la fiesta en Surrey, hogar de Gabriel Danti. Había representado una oportunidad de mezclarse con los ricos y famosos.

El hecho de que la mayoría de esos «ricos y famosos» se estuvieran comportando de un modo que ella jamás habría imaginado le sorprendía. No era que fuera una puritana, pero sí la desconcertaba observar a un hombre al que la última vez que había visto había estado presentando las noticias de la noche, un respetado hombre de mediana edad, saltar desnudo a la piscina de Gabriel Danti.

—Ven, Bella —quitó la mano de su barbilla y la posó en su cintura—. ¿Tienes alguna preferencia de champán?

—¿Preferencia? —repitió. El champán era champán, ¿no?

—¿Blanco o rosado? —explicó él.

—Eh... rosado será perfecto —siendo estudiante lo que había determinado su elección de vinos era que no costaran mucho—. ¿Seguro que no prefieres que nos reunamos con los invitados? —titubeó en el pasillo, desconcertada por que quisiera pasar tiempo con ella...

—Estoy muy seguro, Bella —la hizo girar en la curva de su brazo hasta dejarla de cara a él—. Pero quizá tú prefieras regresar con tus amigos...

Tragó saliva cuando Gabriel no hizo esfuerzo alguno en ocultar la intensa sensualidad que ardía en sus ojos.

—No, yo... —calló al darse cuenta de que su voz sonaba varias octavas más alto que lo normal—. No, creo que me gustaría más beber champán contigo.

Los ojos oscuros de él centellearon con satisfacción al alzar las manos para enmarcarle el rostro antes de bajar despacio la cabeza y tomar posesión de su boca. Emitió un gemido ronco cuando Bella cedió a la tentación, abrió los labios y lo invitó a entrar.

Bella experimentó una sensación leve de mareo debido al torrente ardiente de deseo que la recorrió. Los pechos se le pusieron firmes y le palpitaron, e instintivamente trató de frotarse contra la dureza del torso de Gabriel; la fricción le aportó cierto alivio al tiempo que sentía que el deseo se concentraba entre sus muslos.

Cuánto lo deseaba. Jamás pensó que se pudiera desear tanto a un hombre... y el ardor del beso, la dureza de los muslos de él contra los suyos, le indicó que dicha necesidad era recíproca.

Gabriel jamás había probado algo tan dulce como la boca de Bella. Nunca había sentido algo tan exuberante y perfecto mientras le acariciaba las caderas y luego le coronaba el trasero para pegarla a él y acomodar la erección contra su estómago liso.

Quebró el beso para mirarla. Esos hermosos ojos violetas eran casi púrpura y apenas podía distinguir las pupilas. Tenía las mejillas acaloradas y los labios inflamados por el beso... estaba aun más tentadora. Sentía los pechos firmes contra su torso y los pezones duros contra la fina tela de su camisa.

–Ve. ¡Antes de que pierda el poco sentido común que me queda y te haga el amor aquí mismo en el pasillo! –la hizo girar en la dirección del cuarto de baño que había estado buscando–. Regresaré en dos minutos con el champán y las copas.

Bella se sentía completamente aturdida y desorientada al entrar en el cuarto de baño, cerrar la puerta y apoyarse contra ella.

Tenía veintiún años, y en los últimos cinco o seis años había salido con docenas de chicos, ¡pero nunca antes había conocido algo tan letal o potente como los besos de Gabriel!

Se irguió para mirarse en el espejo que había sobre el lavabo. Las mejillas le brillaban por la calidez de la excitación. Tenía la boca inflamada, ¡y entreabierta como en un gesto de invitación! Los ojos tenían un tono violeta intenso y las pupilas estaban inmensas.

En cuanto a sus pechos...¡Si tuviera algo de sensatez se marcharía de inmediato! Si tuviera algo de voluntad, se obligaría a irse.

Pero supo que no iría a ninguna parte que no fuera de regreso a los brazos de Gabriel Danti...

—¿Te gusta?

—Mmm.

—¿Te apetece más?

—Por favor.

—Acércate un poco, entonces. Ahora extiende la mano.

Alzó la mano que sostenía la copa para dejar que Gabriel le sirviera más champán mientras estaba sentada en el sofá a su lado, notando al mismo tiempo que él no había probado el espumoso desde que depositara su copa en la mesita que tenían frente a ellos. Se hallaban en el salón de la parte delantera de la casa en la primera planta, bien alejados de la ruidosa fiesta que continuaba abajo.

—Tú no bebes —señaló en un esfuerzo por ocultar el temblor de su mano al volver a llevarse la copa a los labios y tomar un sorbo del delicioso champán rosado.

Él movió la cabeza, con el brazo en el respaldo del sofá mientras jugaba con los mechones sedosos del cabello de ella.

—Mañana tengo una sesión de pruebas y jamás bebo si voy a conducir al día siguiente.

—No deberías haberte molestado en abrir una botella sólo para mí.

—No es sólo para ti —le aseguró Gabriel, introduciendo el dedo en la copa de ella antes de pasarlo levemente por la oreja y la línea de la mandíbula de Bella–. He dicho que no bebo antes de conducir, no que no pretenda disfrutar de su sabor –musitó sobre el lóbulo de su oreja mientras con los labios seguía el sendero marcado por el champán y la lengua quemaba la piel sensible.

La combinación de Bella y el espumoso le resultó más embriagadora para los sentidos que beberse una botella entera. Su piel era suave al tacto y su sabor dulce le transmitió el calor al cuerpo hasta que todo él palpitó con la necesidad de tocarla más íntimamente.

La miró a los ojos mientras volvía a introducir el dedo en el líquido antes de abrir otro sendero por el mentón, la delicada curva del cuello, el nacimiento expuesto de los pechos, siguiéndolo casi de inmediato con los labios.

Bella se retorció de placer cuando el calor de la boca se demoró en sus pechos.

–Gabriel...

–Déjame, Bella –pidió con voz ronca–. Deja que te bañe en champán para poder beber de tu cuerpo –posó la palma de su mano en la mejilla de ella y movió el dedo pulgar sobre la boca entreabierta–. ¿Me permitirás hacerlo?

Bella supo que había aceptado exactamente el rumbo que seguía la situación en cuanto había acordado acompañar a Gabriel al salón privado adjunto a su dormitorio. Aunque agradecía que la puerta de la habitación hubiera permanecido cerrada, ya que en caso contrario podría haber sentido pánico mucho antes.

Aunque tuvo que reconocer que más que pánico, lo que la embargaba era un delicioso temblor de expectación. La sola idea de Gabriel vertiendo champán sobre su cuerpo totalmente desnudo antes de lamer despacio cada gota bastaba para que cada centímetro de su cuerpo hormigueara con una percepción que de pronto hizo que la poca ropa que llevaba pareciera que le apretara y la limitara.

–Siempre y cuando yo pueda hacer lo mismo –hundió el dedo en el champán antes de pasarlo con gesto sensual por los labios levemente separados de él–. ¿Puedo? –se detuvo con la boca a unos centímetros de la de Gabriel, escudriñando los ojos castaños.

–Por favor, hazlo –la animó,

Lo que le faltaba en experiencia esperaba compensarlo con el gozo de que le proporcionaran la libertad para explorar la esculpida perfección de la boca de Gabriel del mismo modo que lo había hecho él. Notó que contenía el aliento cuando le mordisqueaba el labio y con la lengua lamía lentamente el champán embriagador. Él enterró los dedos en su cabello y, cuando los cerró, supo que la caricia que le estaba dando a su labio lo excitaba tan profundamente como a ella.

Con cada lametón el cuerpo de Gabriel se endureció más y el palpitar que dominaba sus muslos se transformó en una exigencia urgente. ¡De hecho, no estuvo seguro de poder llegar al dormitorio antes de quitarle la ropa al cuerpo deliciosamente receptivo de Bella y penetrarla!

Se retiró con brusquedad y se levantó con una mano extendida.

–Ven conmigo, Bella –invitó al recibir una expresión insegura.

Siguió mirándola mientras ella posaba la mano en la suya y se incorporaba con fluidez; los pechos agitados bajo el jersey.

Era diminuta. Delicada. Absolutamente deseable.

Sintió que los músculos abdominales se le contraían con la potencia de ese deseo. Sin soltarle los dedos, recogió la botella de champán con la otra mano y en silencio marcharon hacia el dormitorio.

—Por favor, no... —protestó ella con timidez cuando Gabriel hizo el ademán de encender la luz de la mesilla.

Tenía una cama con dosel, una verdadera antigüedad, con cortinas de brocado dorado.

Se dijo que sin importar lo antiguas que fueran, seguía siendo una cama... que no le cabía duda de que en breve tiempo estaría compartiendo con Gabriel Danti.

Era una locura. ¡Una absoluta y deliciosa locura!

—Quiero poder mirarte mientras te hago el amor, Bella —le explicó de pie muy cerca de ella pero sin tocarla—. ¿Me lo permitirás? —la animó con voz ronca—. Me desvestiré primero si así te sientes más cómoda...

¡Dios sabía que ella quería mirarlo en toda su desnuda gloria!

—Por favor, hazlo —suplicó sin aliento.

Gabriel encendió la lámpara de la mesilla y la habitación quedó bañada con un resplandor dorado; luego comenzó a desabotonarse la camisa negra.

Ella tenía la vista clavada en los movimientos de las manos largas y elegantes mientras soltaban los botones y la seda se abría y revelaba la dureza del pecho de Gabriel, cubierto con vello negro que iba espesándose al llegar al ombligo y desaparecer bajo de la cintura de los pantalones a medida.

Fue el instinto, la compulsión, lo que hizo que alargara la mano y le tocara el torso, que sintiera la tensión de su piel bajo las yemas de los dedos. Esa piel estaba encendida, casi febril, y los músculos se contrajeron cuando subió las manos para quitarle la camisa por los hombros antes de dejarla caer al suelo alfombrado.

Gabriel era tan hermoso como el ángel por el que había sido bautizado. Y sus ojos lo observaron con un fuego codicioso.

Quería ver más. ¡Quería verlo todo!

Las manos le temblaron levemente al bajarle despacio la cremallera de los pantalones. Los dedos rozaron su erección por encima de los calzoncillos negros y le oyó contener el aliento.

La mano de él apretó la suya contra esa masculinidad.

–Siente cuánto te deseo, Bella –soltó con intensidad–. ¡Siéntelo!

Nunca se sintió más segura de algo en la vida mientras con movimiento lento y deliberado bajaba la última prenda y liberaba la erección palpitante.

Cuando lo tocó, notó que estaba increíblemente duro.

Gabriel sintió que el control se le escapaba y gimió con suavidad. Cerró los ojos y apretó la mandíbula a medida que su placer se centraba por completo en la caricia de los dedos de Bella. El egoísmo lo impulsó a desear que las caricias prosiguieran hasta la placentera conclusión. Pero por encima de eso, anhelaba verla, tocarla con la misma intimidad.

No apartó la vista de ella mientras daba un paso atrás para sujetar el bajo del fino jersey y alzarlo lentamente por encima de sus pechos y luego de la cabeza antes de sumarlo al montón de prendas que había en el suelo. Contuvo el aliento al observar la firmeza de esos senos, con los pezones de un rosa profundo y una cintura tan esbelta que intuyó que podría abarcarla con las manos.

Se inclinó lentamente para besar esos pechos enhiestos y pasó la lengua por un pezón antes de introducírselo en la boca.

Bella estaba perdida. Total y completamente perdida mientras con las manos pegaba la cabeza de Gabriel contra su pecho y notaba cómo el placer creado por esa lengua y esos labios rompían sobre ella en oleadas oscuras y sensuales y luego se acumulaba en la unión de sus muslos. Un anhelo que Gabriel ayudó a mitigar al posar la palma de la mano allí con una leve presión. Jadeó débilmente cuando él encontró el centro de su excitación.

No supo cómo perdió los vaqueros y las braguitas, y tampoco pudo recordar cómo terminaron en la cama con los cuerpos pegados y las piernas entrelazadas mientras se besaban con ardor, fiereza e intensidad.

Dejó de respirar cuando la mano de Gabriel le separó los muslos para tocarla con el dedo pulgar, acariciando el capullo endurecido que anidaba allí. Sus sentidos se saturaron con la profundidad de su excitación, haciendo que alzara las caderas al encuentro de las embestidas de los dedos de él mientras se movían rítmicamente en su interior y Bella estallaba en un espasmo tras otro de placer no imaginado y en apariencia interminable.

Gabriel se situó encima de ella y penetró su cuerpo aún trémulo hasta reclamarla por completo. Comenzó a moverse dentro de ella con embestidas pausadas y medidas que luego incrementó en profundidad. Bella fue a su encuentro mientras, para su asombro, sentía una nueva liberación crecer en ella por segunda vez en pocos minutos.

Sus ojos se abrieron mucho a medida que dicha liberación aumentaba, el placer tan hondo ya que le resultó casi doloroso mientras él aminoraba adrede las embestidas de la erección que la invadía por completo y la retenía ante el precipicio, negándose a soltarla mientras observaba su placer.

–¡Por favor! –jadeó ella mientras el cuerpo le ardía y anhelaba el orgasmo–. ¡Oh, Dios, por favor!

Siguió contemplándola al tiempo que ahondaba los embates y los hacía más duros y rápidos, la cara acalorada por su propio placer, antes de que el segundo orgasmo de Bella lo arrastrara también hacia el abismo.

Gabriel cerró los ojos por la fuerza de su orgasmo y sus caderas siguieron moviéndose contra Bella mucho después de haberse vertido por completo mientras permanecía dentro de ella y el placer aún rompía sobre él.

Al final, cuando ya no pudo soportar más, cuando le pareció como si fuera a morirse por la intensidad del acto si no paraba, se derrumbó con suavidad sobre los pechos de Bella. Se volvió sólo para cubrirlos a ambos con el edredón antes de sumirse en un sueño profundo con los cuerpos aún unidos.

–Es hora de despertar, Bella.

Esta ya había despertado hacía unos minutos y trataba de reconciliarse con quién se encontraba allí.

Gabriel Danti...

Sólo pensar en su nombre conjuraba imágenes de la noche que acababan de pasar. Había despertado de madrugada y lo había descubierto una vez más dentro de ella, mirándola en silencio. Bella había respondido con un movimiento lento y lánguido de los muslos mientras las bocas se fundían en un beso.

La segunda vez que habían hecho el amor había sido más intensa incluso que la primera.

Pero despertar sola en la cama enorme unos momentos antes, con el sonido de la ducha en el cuarto adyacente indicándole dónde se encontraba Gabriel, hizo que en vez de sentir la euforia feliz que debería haber experimentado después de semejante noche de puro placer, se sintiera llena de una sensación de incertidumbre.

La noche anterior había hecho el amor con Gabriel Danti. El mejor piloto de Fórmula Uno y campeón de dicha categoría. Playboy, hijo y heredero del negocio y del imperio vinícola de los Danti.

Mientras que ella era la hija mayor de un médico rural inglés, licenciada en Arte e Historia.

No sólo eso, sino que sabía que distaba mucho de parecerse a las modelos o actrices altas, rubias y de piernas largas con las que solía verse a Gabriel en las fiestas o estrenos. Las revistas del corazón mostraban constantemente fotos de él con esas mujeres, la más reciente con Janine Childe.

¡No tenían nada en común!

Fuera del dormitorio, desde luego...

A la fría luz del amanecer, se ruborizó hasta la raíz del cabello enmarañado mientras revivía cada una de las caricias íntimas de la noche anterior.

–¿Bella...? –repitió Gabriel al sentarse en el borde de la cama–. Despierta, *cara*, para que pueda despedirme bien.

¿Despedirse?

Abrió los ojos al tiempo que giraba la cabeza para mirarlo. Agradeció que su desnudez estuviera protegida por la sábana al verlo vestido con un polo negro que resaltaba la anchura de sus hombros y de su torso y unos vaqueros de cadera baja, con el pelo aún mojado por la ducha que acababa de darse.

Él sonrió con gesto burlón mientras la miraba, fascinado de nuevo por su belleza. Por lo pequeña y voluptuosa que era. Por lo entregada...

Sintió que el cuerpo se le agitaba al recordar lo bien que ella había respondido una y otra vez durante la velada anterior.

Alargó la mano y le apartó el cabello oscuro de la frente al tiempo que se inclinaba para darle un beso lento, lamentando tener que ponerle fin ahí.

—De verdad que me tengo que ir ahora, Bella, o llegaré tarde al circuito de Silverstone —murmuró con voz ronca—. Pero te llamaré más tarde, ¿de acuerdo?

—De acuerdo —susurró ella.

Gabriel se levantó a regañadientes, tan consciente del paso de los minutos como de la desnudez de Bella bajo la sábana, sabiendo que debía distanciarse de la tentación que representaba.

—Mi ama de llaves te pedirá un taxi cuando estés preparada para irte. Como no puedo llevarte yo mismo a casa, te he dejado algo de dinero sobre la cómoda para que lo pagues —añadió con ligereza, recordando que hacía muy poco que ella había dejado de ser una estudiante.

Bella frunció levemente el ceño.

—Eso no será necesario.

—¿Bella...? —él mismo frunció el ceño al no poder leer ningún pensamiento detrás de esos ojos violetas.

—Está bien, Gabriel —aseveró sin querer revelar la tristeza que la embargó ante la súbita marcha de él.

—Te llamaré luego —repitió Gabriel con firmeza. Se inclinó otra vez para besarla antes de girar con el fin de marcharse. Pero se detuvo un momento en la puerta—. Tómate tu tiempo... no hay prisa para que te marches.

Capítulo 1

Cinco años después...

–Es una fiesta asombro... ¡No me lo creo! –musitó Claudia con incredulidad.

–¿Qué no te crees? –preguntó Bella con paciencia; su hermana no había dejado de lanzar exclamaciones por una cosa u otra desde que su familia llegara a San Francisco hacía dos días.

Aunque tenía que reconocer que la vista del horizonte nocturno de San Francisco desde el salón en que se celebraba la fiesta privada en lo alto de uno de los hoteles más prestigiosos de la ciudad era espectacular. Se podía ver el puente Golden Gate iluminado en todo su esplendor.

Pero Claudia no miraba por una de las ventanas, sino hacia el salón atestado donde se celebraba la fiesta para presentar a las familias de su primo Brian y de su novia estadounidense Dahlia Fabrizzi, la víspera de la boda.

–Pero no puede ser él, ¿verdad? –preguntó Claudia–. Sé que la tía Gloria no ha dejado de hablar en los últimos días sobre lo bien relacionada que estaba la madre de Dahlia, no obstante, no me puedo creer...

–Claudia, por el amor del cielo, deja de beber champán y... –calló de golpe al volverse y ver quién tenía tan embelesada a su hermana.

No lo había visto en cinco años. ¡Cinco años! Aunque no le costó reconocerlo.

Pero se dijo que Claudia debía de tener razón, que no podía ser él. Y menos en esa fiesta. Tenía que ser una ilusión óptica.

¡O quizá una pesadilla andante!

—¡Es él! —exclamó Claudia entusiasmada, apretando el brazo de su hermana—. ¡Es Gabriel Danti, Bella! ¿Puedes creértelo?

¡No podía creérselo ni quería hacerlo!

Tal vez no fuera él, sino alguien muy parecido.

La altura era la misma, pero llevaba el pelo más corto. Los ojos parecían fríos y distantes a pesar de la sonrisa que exhibía mientras lo presentaban a otros invitados. El hoyuelo en la barbilla era el mismo, pero ese hombre tenía una cicatriz que iba desde el ojo izquierdo hasta la mandíbula, alterando la hermosura de su cara.

Recordó que a Gabriel lo habían fotografiado con una cicatriz en el lado izquierdo de la cara cuando le dieron el alta del hospital, tres meses después del espantoso accidente de coche que había puesto fin a su carrera de piloto y que había matado a dos de sus colegas.

Meses después del accidente, había regresado a Italia en el jet familiar, lo habían fotografiado al entrar en el hospital y más adelante al subir al avión, aunque desde entonces rara vez se lo había visto en público. Acabada su carrera de piloto, había centrado su atención en las bodegas Danti y en apariencia había dejado el estilo de vida de playboy del que tanto había disfrutado en el pasado.

—¿Te acuerdas de aquellos pósteres que tenía de él por toda mi habitación cuando era más joven? —Claudia rio.

Claro que Bella los recordaba... le habían causado escalofríos durante meses después de la noche que había pasado con él. La había aliviado sobremanera que su hermana los quitara para reemplazarlos por los de unos jóvenes actores de Hollywood.

–Es maravilloso, ¿verdad? –musitó Claudia con voz soñadora.

–Encantador –mintió Bella, observando a Gabriel, que en ese momento hablaba con su tío Simon.

Tenía un aspecto arrebatador, el cuerpo ágil y evidentemente en forma bajo el esmoquin negro, la camisa blanca como la nieve y la pajarita negra.

¿De verdad podía ser Gabriel?

Por el modo en que su mera presencia había atrapado la atención de todas las invitadas, Bella sí lo creyó. ¡Simplemente no quería que lo fuera!

–Lleva el pelo más corto, por supuesto... Oh, mira, se apoya más en la pierna izquierda... –comentó Claudia con evidente simpatía en la voz cuando su primo Brian siguió presentándoselo a otros miembros de la familia que habían realizado el viaje para la boda del día siguiente.

–No olvides que sus piernas quedaron destrozadas en el accidente de hace cinco años –murmuró Bella ceñuda. Saliendo repentinamente del letargo en el que había caído, enlazó el brazo con el de su hermana–. Vamos en busca de más champán.

–¿No sientes curiosidad por saber si es él? –Claudia la miró con expresión burlona.

Eran de estaturas similares, pero Claudia llevaba el cabello corto y el vestido azul hacía juego a la perfección con sus ojos.

–En absoluto –descartó Bella con firmeza, yendo adrede al extremo más alejado de la barra y lejos de donde el hombre parecido a Gabriel en ese momento era el centro de atención.

Claudia emitió una risita burlona de afecto mientras esperaban que les rellenaran las copas de champán.

–¡Mi hermana, la mujer que odia a los hombres!

Bella enarcó las cejas.

–No odio a todos los hombres... ¡sólo a aquellos que han pasado de la pubertad!

–Exacto –Claudia sonrió–. Me pregunto si debería ir a saludar a Brian y ver si me presenta a... No, aguarda un momento... –miró por encima del hombro de ella–. ¡Creo que nuestro adorado primo lo trae para que lo conozcamos! –el rostro se le iluminó.

¡No!

¡Bella no podía creer que estuviera sucediendo!

Ni siquiera quería mirar al hombre que se parecía a Gabriel Danti, y menos que se lo presentaran...

–Y por último, pero no menos importantes, me gustaría presentarte a las dos mujeres más hermosas después de Dahlia –afirmó Brian con afecto detrás de ella–. Bella, Claudi, permitid que os presente al primo de Dahlia, Gabriel Danti. Gabriel, mis primas, Claudia e Isabella Scott.

Con esa confirmación de identidad, Bella no pudo respirar. La mente se le había quedado completamente en blanco. Las rodillas eran gelatina. De hecho, ninguna parte parecía funcionarle correctamente.

Por suerte para ella, Claudia había aprovechado la presentación para comentarle a Gabriel cuánto había disfrutado viéndolo en las carreras de Fórmula Uno, proporcionándole un leve respiro mientras Bella oía la voz familiar y ronca de él murmurando una respuesta cortés.

Anheló que se hiciera realidad la posibilidad de que él no la recordara.

¡Se dijo que era imposible que la recordara!

¿Por qué iba a tener presente a una estudiante de Arte e Historia con quien en una única ocasión había compartido la cama?

Como nunca la había llamado, podía dar por sentado que la había olvidado al instante.

—¿Bella...? —instó Brian al ver que seguía de espaldas a su invitado y a él.

Esta respiró hondo, sabiendo que no tenía otra elección que girar y encarar al hombre al que anhelaba olvidar, tal como había hecho él.

La expresión de Gabriel era de cortesía cuando Isabella Scott se volvió y lo miró.

—Señorita Scott —saludó al estrechar brevemente la mano—. ¿O puedo llamarte Isabella?

—Yo...

—Todo el mundo la llama Bella —aportó Claudia.

—¿Puedo hacerlo yo?

La frialdad en los ojos de Gabriel la mantuvo cautiva.

Parpadeó antes de romper súbitamente la intensidad de la mirada de él para centrarse en un punto de la sala.

—Bella está bien —le respondió con ecuanimidad.

Isabella Scott parecía segura y estaba increíblemente hermosa con el vestido sin hombros del color exacto de sus ojos.

Alzó desafiante el mentón para devolverle una mirada curiosa ante su intensidad...

—He de saludar a más invitados —se disculpó

Brian Kingston–. ¿Me disculpas, Gabriel? Estoy seguro de que Bella y Claudi estarán encantadas de hacerte compañía –le dedicó una mirada burlona a la más joven de sus primas antes de atravesar la sala atestada para volver al lado de su prometida.

Gabriel continuó observando a Bella con mirada velada.

–¿Es así?

Un ceño de irritación apareció entre los ojos de ella.

–¿Es así qué? –espetó.

–¿Estarás encantada de hacerme compañía? –explicó con distante tono burlón.

–¿Es que lo necesita, señor Danti? –soltó con chispas en los ojos.

–La verdad es que dudo que me quede el tiempo suficiente para que eso sea necesario –concedió él.

De hecho, ni había pensado en asistir a esa fiesta, pero en el último instante su padre le había pedido que representara a la familia Danti, ya que no se sentía bien para ir a la fiesta de su sobrina ni a la boda del día siguiente. Gabriel había aceptado a regañadientes, con la intención de quedarse el tiempo requerido para cumplir con el protocolo.

Al menos esa había sido su intención.

Bella se sintió aliviada al saber que no iba a quedarse mucho rato.

–Estoy segura de que Claudia y yo podremos mantener unos minutos de conversación cortés.

Él le dedicó una burlona inclinación de cabeza antes de mirar a su hermana.

–¿Disfrutas de tu visita a San Francisco, Claudia?

Bella suspiró al sentirse liberada de la mirada intensa de Gabriel y se tomó esos momentos de respiro para estudiarlo.

El hombre al que había conocido cinco años atrás había poseído un atractivo magnético. Junto con una seguridad y un encanto innato, sumaba una cálida sensualidad en los ojos achocolatados que desnudaba a una mujer desde la distancia.

El hombre que hablaba con tanta cordialidad con Claudia aún poseía ese atractivo magnético, la cicatriz pálida en la parte izquierda de su cara sólo añadía peligro a dicha atracción, pero los ojos ya no eran cálidos ni sensuales como el chocolate derretido, sino de un marrón frío que proyectaban un distanciamiento.

Por lo que Bella sabía, él no se había casado, aunque debió reconocerse que nunca se había esforzado mucho en mantenerse al corriente de su vida en los cinco años desde que se habían separado tan bruscamente.

¿Qué sentido habría tenido? Sólo habían compartido una noche de pasión inimaginable e irrepetible.

—¿Te apetece una copa?

Bella alzó unos ojos sobresaltados ante la copa que le ofrecía. Champán. Tenía que ser champán.

—Gracias —aceptó.

Gabriel observó cómo se ruborizaba al aceptar la copa alargada con una habilidad que impidió que los dedos entraran en contacto.

—¿También es tu primera visita a San Francisco, Bella? —preguntó con sorna.

—Sí.

—¿Te gusta la ciudad?

—Mucho.

—¿Has hecho mucho turismo desde que llegaste?

—Algo, sí.

Él entrecerró los ojos ante la economía de sus respuestas.

–Quizá...

–Disculpa la interrupción, Gabriel –su prima, Dahlia, intervino al unirse a ellos–, pero mi hermano Benito está ansioso de reanudar el contacto con Claudia –añadió con indulgencia.

–¿En serio? –la más joven de las hermanas Scott miró hacia donde se hallaba Benito, en el otro extremo de la sala.

Bella sintió una inminente sensación de perdición. Si Claudia la dejaba completamente a solas con...

–No te importa, ¿verdad, Bella? –los ojos de Claudia irradiaban entusiasmo. Antes le había confesado a su hermana que, después de que le presentaran a Benito la noche anterior, había deseado conocer mejor al hermano mayor de Dahlia.

Resultaba evidente que la atracción era recíproca... lo que no ayudó en absoluto a Bella, ya que no deseaba quedarse con Gabriel.

–Te aseguro, Claudia, que tu hermana estará perfectamente a salvo conmigo –expuso él con tono risueño antes de que Bella tuviera la ocasión de intervenir.

Esta lo miró. Seguía sin tener idea de si él recordaba la noche que habían pasado hacía cinco años... y tampoco quería saberlo.

¡Ya era suficientemente malo que ella lo recordara!

En ese momento Claudia le apretó el brazo.

–Gracias, Bella –susurró antes de irse con Dahlia hacia donde las esperaba el atractivo Benito.

El súbito silencio que las dos dejaron pareció ensordecer a Bella.

En la sala había por lo menos unos cien de los invitados que asistirían al día siguiente a la boda, todos charlando o riendo mientras renovaban viejas amistades o establecían nuevas. Pero por lo que a Bella se refería, Gabriel y ella podrían haber estado a solas en una isla del Ártico.

–Hay... una zona más tranquila para sentarse junto a esta sala donde podríamos charlar –soltó él de golpe.

Lo miró con ojos aprensivos y se humedeció unos labios súbitamente resecos.

–Me siento perfectamente cómoda aquí, gracias.

Sus ojos se volvieron aún más fríos mientras cerraba la mano en torno al brazo de ella.

–Era una declaración de intenciones, Bella, no una pregunta –le aseguró con tono sombrío mientras la guiaba hacia la salida.

–Pero...

–¿De verdad quieres mantener esta conversación aquí, delante de los invitados de Dahlia y Brian? –inquirió con aspereza al detenerse en el centro de la sala atestada y mirarla con párpados entornados.

Bella tragó saliva al percibir con claridad la furia que ardía en esa mirada oscura.

–No tengo ni idea a qué conversación te refieres...

–Oh, creo que sí –replicó con voz amenazadora.

Ella también lo creía, aunque deseaba lo contrario. Pero el comportamiento de Gabriel desde que se quedaron a solas señalaba que sí la recordaba...

Capítulo 2

REALMENTE no tengo ni idea de lo que podemos necesitar hablar –le dijo mientras él se sentaba relajado en un sillón frente a ella en el pequeño y desierto cuarto de recepción.

Gabriel entrecerró los ojos al estudiar su rigidez.

–Teniendo en cuenta... digamos que nuestra relación pasada...

–¿Relación pasada...? –cortó ella con cejas enarcadas.

Gabriel apretó los labios.

–No juegues conmigo, Bella.

Ella apartó la vista de su rostro.

–No estaba segura de que me recordaras...

–Ten por seguro que sí –gruñó él.

Tragó saliva antes de hablar.

–Y yo también... Gabriel –pronunció su nombre con tirantez.

–No tenías ni idea de que me presentaría aquí esta noche, ¿verdad? –preguntó él, sonriendo sin humor.

–¿Por qué iba a saberlo? El apellido de Dahlia es Fabrizzi.

–Su madre, mi tía Teresa, es la hermana menor de mi padre –aportó Gabriel.

Bella hizo una mueca.

–Qué amable que volaras desde Italia para asistir a la boda de tu prima.

—Ya no vivo en Italia, Bella —respondió ante la burla.

Ella pareció sorprendida.

—¿No?

Él movió la cabeza.

—Paso casi todo mi tiempo en los viñedos Danti a una hora en coche de aquí, pero también tengo una casa en San Francisco.

Pudo adivinar en qué parte de la ciudad la tenía.

Su familia y ella habían hecho un recorrido turístico de la ciudad ese mismo día y habían pasado por una zona llamada Pacific Heights, donde las casas eran grandes y elegantes... ¡y valoradas en millones de dólares!

No pudo evitar preguntarse si el motivo de que viviera en los Estados Unidos tenía algo que ver con el hecho de que Janine Childe, la mujer de la que en una ocasión había estado enamorado, y de la que tal vez aún lo estuviera, también en ese momento vivía en California.

—¿Qué quieres de mí, Gabriel? —preguntó sin rodeos.

Hasta que no llegó a la fiesta y vio a Bella charlando con la joven que en ese momento sabía que era su hermana, le había gustado pensar que la había erradicado de su mente después de aquella única noche. Pero al verla supo que ya no podía considerar la veracidad de esa ilusión...

En ese momento Isabella Scott estaba más hermosa que hacía cinco años y la madurez le había añadido un toque de seguridad a una belleza que ya de por sí había sido arrebatadora. Ni sus ojos ni su cabello, en ese instante en capas largas, habían cambiado, y el vestido ceñido resaltaba la cintura delicada y los pechos perfectos...

¿Qué quería de ella?

¡No haber notado todas esas cosas!

Su boca adquirió la forma de una línea intransigente.

–¿Qué tienes para dar, Bella?

Lo miró con suspicacia y Gabriel se preguntó si se sentiría repelida por la fealdad lívida de la cicatriz, tal como le sucedía a él mismo.

–¿Qué tengo para darte a ti en particular? –repitió con incredulidad–. ¡Absolutamente nada! –respondió con desdén a su propia pregunta.

La mano de Gabriel se movió de forma instintiva a la herida irregular que le marcaba la mejilla.

–Eso, al menos, no ha cambiado –musitó con frialdad.

Bella lo observó ceñuda. ¿Por qué la miraba con tanto desprecio? Era él quien la había seducido sólo porque la mujer a la que de verdad había deseado, la hermosa top model Janine Childe, le había dicho que la relación se había terminado y que mantenía una relación con uno de sus compañeros de la Fórmula Uno.

Ese hombre había sido el piloto Paulo Descari, muerto en el accidente que había tenido lugar apenas horas después de que Gabriel la hubiera dejado en la cama.

Entonces, Janine Childe había afirmado con voz llorosa que Gabriel había causado el accidente a propósito movido por los celos.

Aunque jamás había creído semejante atrocidad, cinco años después aún le molestaba pensar que el único motivo que había tenido Gabriel para pasar la noche con ella había sido el despecho.

Entonces, ¿cómo se atrevía en ese momento a observarla con ese desprecio?

–He cambiado, Gabriel –afirmó con rotundidad.

–¿A mejor?

Ella frunció el ceño.

–¿Qué...?

–¿Has llegado a casarte, Bella? –cortó él con frialdad mientras los ojos oscuros se posaban en la mano izquierda desnuda–. Veo que no. Quizá sea lo mejor – agregó con tono insultante.

Ella se sintió indignada.

–¡Quizá también sea mejor que tú nunca lo hayas hecho! –espetó con igual tono cortante.

Le dedicó una sonrisa carente de humor.

–Quizá.

–No creo que el hecho de intercambiar insultos aquí sea armonioso para la boda de Brian y Dahlia, ¿y tú? –retó.

El corazón se le contraía cada vez que pensaba en asistir a dicha boda.

Durante semanas había estado esperando ese viaje a San Francisco. Pero volver a ver a Gabriel, saber que asistiría al día siguiente a la ceremonia, lo había convertido en una prueba dura que ni siquiera sabía si quería superar.

Pero tampoco sabía cómo librarse...

Gabriel observó las emociones que aparecieron en el hermoso rostro de Bella y adivinó el motivo de esa expresión de vacilación.

–¿También han venido tus padres y tu hermano? –preguntó.

–Sí –confirmó ella.

Le dedicó una sonrisa implacable.

–Y al igual que tu hermana, no saben que tú y yo ya nos conocíamos –aseveró.

–No –suspiró.

Él inclinó la cabeza con gesto burlón.

–Y prefieres que siga de esa manera.

Bella lo miró con ojos entornados.

–¡Sí!

–¿No entenderían que pasáramos la noche juntos hace cinco años?

–Si yo no lo entiendo, ¡cómo iban a hacerlo ellos! –exclamó–. Aquella noche hice algo totalmente alejado de mi personalidad –reiteró, como si recordara lo ingenua que había sido.

Casi sintió simpatía por ella al notar cómo le temblaban las manos mientras cerraba los dedos en torno a la copa que tenía delante. Casi.

Se encogió de hombros, olvidada la simpatía.

–Estoy seguro de que todos tenemos cosas en nuestro pasado que desearíamos que no hubieran sucedido.

Vio su mirada dura y la mueca desdeñosa de sus labios.

Tragó saliva antes de hablar.

–Entonces, ¿los dos estamos de acuerdo en que sería mejor para todos que ambos olvidáramos nuestra... pasada relación? –adrede empleó la descripción usada por él.

La sonrisa que le dedicó no mostró ningún humor.

–Ojalá fuera tan sencillo, Bella...

Ojalá.

Pero no lo era. Ella, mejor que nadie, lo sabía.

A pesar de lo mucho que detestaba volver a ver a Gabriel de esa manera, también le daba gracias a Dios de que el primer encuentro hubiera tenido lugar esa noche. Podría haber sido mucho más desastroso si hubiera acontecido en la boda al día siguiente...

Se irguió y dejó la copa de champán para no arriesgarse a que se le escabullera de los dedos.

–Hagamos que sea sencillo, Gabriel –ofreció–. Acordemos mantenernos alejados durante mi estancia en San Francisco –por suerte sólo serían tres días más, ya que su padre tenía que volver a su consulta.

–Un baile juntos, Bella, y es posible que tome en consideración tu sugerencia –murmuró con voz ronca.

Ella abrió mucho los ojos.

–¿Un baile?

–Sí, ya ha empezado el baile –señaló con sequedad.

Ella pareció confusa.

–¿Quieres bailar conmigo?

–¿Por qué no? –preguntó con sinceridad.

Ella palideció.

–Porque... bueno, porque... ¿Puedes bailar? Quiero decir...

–¿Te refieres a mi evidente discapacidad? –soltó con voz áspera y expresión sombría.

Aunque su discapacidad ni se aproximaba a cómo había estado cinco años atrás. Después del choque había pasado varios meses en una silla de ruedas, y después varios dolorosos meses más aprendiendo a volver a caminar. Que en ese momento tuviera la cicatriz y una leve cojera como únicas señales visibles del accidente de coche era un milagro.

Bella movió la cabeza con impaciencia.

–¡Estás tan discapacitado como un tigre al acecho!

–Me complace que lo entiendas –gruñó... y tuvo la satisfacción de ver el rubor que invadió sus mejillas–. Puedo bailar, Bella, mientras sea música lenta –concluyó con tono de desafío.

«¡Lento!», gimió para sus adentros.

–En realidad, pensaba en despedirme de los anfitriones e ir a acostarme...

–¿Ha sido una invitación? –agregó con suavidad.

–¡No, bajo ningún concepto! –espetó, indignada por la sugerencia, comprendiendo que era una reacción excesiva ante esa tentación...

Él se encogió de hombros.

–Entonces, creo que una vez que te hayas marchado regresaré a la fiesta y le pediré a Brian que me presente a tus padres.

Lo miró furiosa.

–¡Miserable! Eres un...

–Sólo toleraré los insultos una vez, Bella –cortó con tono acerado–. Sólo una –advirtió–. Tú eliges –luego suavizó la voz al reclinarse en el sillón y volver a observarla con ojos burlones–. Acepta un baile conmigo o pediré que me presenten a tus padres.

–¿Por qué? –protestó con un gemido–. Ni siquiera sé por qué quieres bailar conmigo.

–¿Curiosidad, tal vez...?

–¿Curiosidad de qué? –inquirió, manifestando su desconcierto.

Él la recorrió lentamente con la mirada hasta posar sus oscuros ojos sobre sus pechos.

Bella apenas pudo respirar mientras sufría ese lento escrutinio, y cuando ya no pudo tolerar más el insulto, se puso de pie.

–Un baile, Gabriel –cedió con brusquedad–. ¡Y una vez que termine, preferiría que no volvieras a dirigirte jamás a mí!

Él sonrió antes de incorporarse con tranquilidad.

–Te indicaré lo que pienso al respecto una vez que hayamos terminado de bailar.

No dejó que la tomara por el brazo para regresar a la sala donde se celebraba la fiesta.

No obstante, fue consciente de todo lo que emanaba de él, desde la mirada socarrona y la sonrisa de satisfacción hasta la gracia felina de su cuerpo que compensaba la lesión sufrida en el accidente de cinco años atrás.

Según las noticias aparecidas entonces en los medios, las heridas sufridas por Gabriel habían sido horribles. Las dos piernas y la pelvis aplastadas. Quemaduras por todo el torso. Numerosos cortes en el cuerpo, el peor el de la mejilla izquierda. Pero en lo que a ella concernía, esas cicatrices sólo incrementaban el aire de peligro que él ya había poseído en abundancia.

–Perfecto –murmuró él con satisfacción cuando comenzó a sonar una balada en el momento en que llegaban al salón atestado. Habían atenuado las luces y varias parejas ya bailaban en el espacio despejado en el centro, incluidos Claudia Scott y su primo Benito. La tomó de la mano al entrar en el espacio de la pista.

–Preferiría que bailáramos formalmente –le expuso con rigidez cuando adrede él le rodeó la cintura con los brazos para pegarla a su cuerpo y ella aplastó las manos contra su pecho.

–¿Nadie te ha contado jamás que la vida está llena de decepciones? –murmuró, con una mano en su espalda para unirla a él al tiempo que comenzaban a moverse despacio al son de la música.

Ella se apartó lo que pudo y lo miró furiosa.

–Oh, sí –espetó con desdén–. ¡Alguien me enseñó muy bien esa lección!

Gabriel enarcó las cejas oscuras.

—Entonces, no te sorprenderá saber que prefiero que sigamos bailando así.

A Bella ya no le sorprendería nada de lo que pasara esa velada.

De hecho, se hallaba demasiado ocupada luchando contra la percepción del cuerpo duro de Gabriel pegado al suyo, de la mejilla que reposaba levemente sobre su cabello, de la calidez de la mano en su espalda, de la otra que le sostenía la suya contra el pecho, como para poder concentrarse en algo más.

A pesar de que desearía que fuera de otra manera, era consciente de todo acerca de Gabriel mientras bailaban. Su calor. Su olor. La calidez de su aliento en la sien. La sensualidad de su cuerpo.

Y también era muy consciente de su propia reacción a todas esas cosas. Su respiración irregular, la piel sensibilizada, los pechos henchidos, los pezones duros y un hormigueo profundo y encendido entre los muslos.

Era una tortura.

Tampoco la ayudó a mitigar su incomodidad que cuando Claudia los vio bailando tan pegados, la animara con una sonrisa.

Se apartó de nuevo levemente de él y soltó la mano que le sostenía para establecer una distancia entre ambos.

—Creo que ya hemos bailado bastante, ¿no te parece? —comentó con rigidez, la vista clavada en el tercer botón de su camisa.

Gabriel apretó los labios y su expresión se volvió gélida al reconocer para sus adentros que ya había bailado «bastante» con Isabella Scott. El tiempo suficiente como para confirmar que su cuerpo aún respondía a la voluptuosidad de los pechos de Bella y al calor de los muslos pegados a los suyos. En realidad, era todo lo que había querido averiguar...

–Quizá tengas razón –de inmediato se apartó de ella en el centro de la pista.

Bella se sintió incómoda ante esa súbita retirada, y miró alrededor con timidez mientras algunos de los que bailaban a su alrededor les dedicaban unas miradas de curiosidad.

–Estás intentando avergonzarme adrede –musitó irritada antes de dar media vuelta y salir de la pista con las mejillas encendidas.

–Expresaste el deseo de que dejáramos de bailar – Gabriel la siguió a un paso más mesurado.

–Márchate, Gabriel. Simplemente, márchate –repitió cansada.

La observó con detenimiento y el brillo en esos ojos púrpura ya no le pareció causado por la furia.

–¿Estás llorando, Bella?

–Claro que no estoy llorando –soltó con el mentón alzado en desafío mientras lo miraba a los ojos–. ¡Necesitaría algo más que la desgracia de haber vuelto a verte para hacerme llorar! –desdeñó–. Y ahora, si me disculpas, me gustaría irme a mi habitación.

–¿Te hospedas aquí, en el hotel? –inquirió con curiosidad. Era una posibilidad que no se le había pasado por la cabeza.

–¿Y qué si es así? –entrecerró los ojos.

–Era simple curiosidad, Bella –expuso.

–¿Sí? –le dedicó una sonrisa burlona–. No recuerdo que cinco años atrás sintieras curiosidad por alguien que no fueras tú mismo.

Gabriel apretó los labios en señal de advertencia.

–¿Me acusas de haber sido un amante egoísta? – sonó indignado.

–¡No, claro que no! –las mejillas de Bella volvieron a encenderse–. ¡Estamos manteniendo una conversación ridícula! –añadió resentida–. Es hora de que me vaya. No diré que ha sido un placer volver a verte... porque los dos sabemos que no es verdad –agregó antes de darse la vuelta y alejarse con la cabeza erguida.

Gabriel la contempló cruzar la estancia para ir a excusarse con sus tíos antes de irse con un movimiento sinuoso de las caderas bajo el vestido violeta y las piernas que parecían interminables con los zapatos de tacón alto.

«No», convino él mentalmente, desde luego que no había sido un placer volver a ver a Isabella Scott.

Pero había sido algo...

Bella se obligó a moverse despacio, con calma, mientras le presentaba sus excusas a los anfitriones, Teresa y Pablo Fabrizzi, y salía al pasillo que conducía a los ascensores, negándose a proporcionarle a Gabriel Danti la satisfacción de verla apresurarse con el fin de escapar de esa intensa mirada.

Ya era mala suerte que él fuera familia de la novia de su primo.

Y aún no se le había ocurrido ningún modo de evitar asistir a la ceremonia del día siguiente. Pero tendría que idear algo. Debía hacerlo.

–Vuelves pronto –Angela, la hermana menor de Dahlia, la recibió con calidez cuando Bella entró en el salón de la suite que compartía con sus hermanas.

Esta dejó el bolso de noche en una mesita que había justo a la entrada.

–Me duele un poco la cabeza –se justificó.

–Es una pena –Angela se levantó. Era tan alta y hermosa como su hermana mayor.

–También pensé que ya habías hecho de canguro demasiado tiempo esta noche y que tal vez te apetecería ir a unirte a la fiesta –añadió con calidez, ya que Angela se había ofrecido amablemente a llevar a la media docena de los miembros más jóvenes de la parte inglesa de la familia a cenar a una pizzería antes de regresar al hotel y asegurarse de que todos se metían en la cama.

–¿Seguro que no te importa? –sonrió Angela.

–Por supuesto –le aseguró Bella–. El baile acaba de comenzar –añadió para animarla.

Al quedarse a solas, suspiró y dedicó varios minutos a calmarse antes de ir a la habitación contigua, donde su hermano pequeño estaba acostado, con la lámpara de la mesita de noche aún encendida mientras leía un libro.

–¿Va todo bien, Liam? –le preguntó con suavidad al detenerse a su lado.

El joven de doce años le sonrió.

–Está bien dormido, como puedes ver.

La expresión de Bella se suavizó al mirar al ocupante de la segunda cama.

Su hijo Toby, de cuatro años de edad.

Sus rizos oscuros resaltaban sobre la almohada y tenía los labios entreabiertos mientras respiraba profundamente, con un delicioso hoyuelo en el centro de la barbilla.

Igual que el de su padre.

Capítulo 3

NO sientes la habitual necesidad de las mujeres de llorar en las bodas?

La espalda de Bella se puso rígida al oír la voz de Gabriel justo detrás de ella, de pie con el resto de los invitados en la entrada de la iglesia mirando a los novios posar para las fotografías.

A pesar de lo mucho que se había afanado en buscar una excusa que les permitiera a Toby y a ella no asistir, incluida una migraña para ella y un estado febril para su hijo, en última instancia no le había quedado más remedio que reconocer la derrota cuando su padre había dicho que no les pasaba nada. La única alternativa que le quedó había sido esperar que Gabriel siguiera el consejo que le había dado la noche anterior de permanecer alejado de ella.

¡El hecho de tenerlo a su espalda en ese momento le demostraba que no era así!

Lo había visto cuando su familia y ella habían llegado a la boda hacía aproximadamente una hora, sentado en un banco en compañía de un hombre canoso cuya estatura y parecido facial le indicaron que casi con toda seguridad se trataba del padre de Gabriel, Cristo Danti.

El corazón le había dado un vuelco al contemplar a los dos italianos sin que ellos lo supieran antes de bajar la vista al niño sentado junto a ella en el banco, reconociendo al instante lo mucho que se parecía a su padre y a su abuelo.

Igual que lo había notado inocentemente Claudia la noche anterior al comentar que Gabriel le recordaba a alguien...

Menos mal que Toby había desaparecido con su adorado tío Liam en cuanto acabó la ceremonia y en ese momento jugaba bajo un roble en el patio, con el grupo de niños que la noche anterior había ido a cenar pizza.

Despacio, se volvió para encararse con Gabriel y comprobar lo atractivo que estaba con un traje oscuro a medida y una camisa blanca.

–¡Me temo que lloraría de lástima! –repuso con sarcasmo a la pregunta de él acerca de que las mujeres solían llorar en las bodas.

Él le dedicó una sonrisa de aprecio mientras con mirada velada admiraba el vestido hasta la rodilla que seguía a la perfección las curvas de ese cuerpo esbelto. Llevaba una flor de seda sujeta junto a la oreja izquierda que mantenía apartado de su rostro el cabello oscuro.

Estaba elegante y hermosa... y muy segura de sí misma.

Una seguridad que con perversión quiso demoler.

–¿Quizá porque hasta ahora ningún hombre te ha pedido que fueras su novia? –provocó.

Un color delicado se asomó a las mejillas de ella al oír ese pretendido insulto.

–¿Y qué te hace suponer semejante cosa, Gabriel? –replicó–. ¿No es posible que quizá haya elegido no casarme por ser demasiado consciente de lo caprichoso que puede llegar a ser el interés de un hombre? –añadió con dulzura.

–¿No es posible que hayas conocido a hombres que no te convenían?

–Es posible –convino con mirada desafiante.

A pesar de lo placentero que era, Gabriel tuvo que reconocer que esas peleas constantes con Bella no podían continuar. Era el día de la boda de su prima, un momento completamente inapropiado para mantener un enfrentamiento abierto entre dos invitados.

Era evidente que Bella había llegado a la misma conclusión..

–Si me disculpas, Gabriel, he de reunirme con mi familia... –lo miró con firmeza cuando los dedos que le habían rodeado el brazo le impidieron marcharse.

–Necesitamos hablar, Bella.

–Hablamos ayer por la noche, Gabriel... ¡para lo que nos sirvió! –exclamó.

–Exacto –acordó–. No podemos proseguir con este enfrentamiento, menos cuando nuestras familias han quedado unidas...

La risa amarga de ella le cortó.

–Mi primo se ha casado con tu prima... ¡eso no hace que nuestras familias estén unidas! –señaló con impaciencia–. De hecho, no se me ocurre otra ocasión en que tengamos que volver a vernos.

Al menos era lo que esperaba con fervor. En ese momento se consideraría afortunada si pudiera terminar el día sin que toda la situación le estallara en la cara.

El dolor de cabeza que había querido fingir para no asistir a la boda empezaba a ser una realidad.

Seguía sin tener idea de cómo impedir que Toby y Gabriel se encontraran en algún momento durante la recepción. Si eso sucediera, desconocía cuál podía ser la reacción de Gabriel... Después de haberla rechazado a ella, bajo ningún concepto iba a permitir que a Toby le sucediera lo mismo, y la expresión amenazadora de él no hacía nada por hacer desaparecer sus temores.

Miró más allá de Gabriel al reconocer con facilidad la risa de su hijo, sabiendo que el motivo era que Liam le estaba haciendo cosquillas.

Toby era un niño feliz, completamente seguro en la adoración de su madre y de sus complacientes abuelos, al igual que en los mimos que le dedicaban sus dos tíos. Y Bella ansiaba que eso continuara.

Los últimos tres días le habían mostrado lo unidos que estaban los miembros de la familia Danti y cuánto valoraban y querían a sus hijos.

Literalmente se deprimió ante la idea de lo que podría hacer Gabriel si alguna vez llegaba a descubrir que Toby era el resultado de la única noche pasada juntos cinco años atrás, y cuánto se había perdido ya de la vida de su hijo...

–De verdad he de irme –en ese momento evitó mirarlo a los ojos al apartarse de él y liberarse de su mano.

Gabriel la observó con intensidad mientras se alejaba y frunció el ceño al oír su risa cuando fue rodeada por un grupo de niños risueños, algunos de ellos hijos de primos de él; el parecido que tenía con Bella el más alto del grupo hizo que lo reconociera fácilmente como su hermano Liam.

Le resultó extraño que las personas de las que había hablado con tanto afecto hacía cinco años... sus padres, su hermana Claudia y su hermano Liam, en ese momento fueran una realidad para él.

–¿Una amiga tuya...?

La sonrisa no desapareció de su rostro al volverse hacia su padre, sin revelar nada de la preocupación interior que lo embargaba ante la palidez y el tono macilento en la cara del hombre mayor.

–Dudo que Bella pensara lo mismo –ironizó.

–¿Bella? –Cristo enarcó unas cejas plateadas antes de mirar hacia el sendero por el que en ese momento bajaba ella, charlando con su hermano y otro de los niños.

–Isabella Scott. La vi ayer en la fiesta de Dahlia –explicó.

«Otra vez», podría haber añadido, pero no lo hizo, ya que sabía que de ese modo despertaría la curiosidad insaciable de su padre.

Cristo era el patriarca de la familia Danti y, con sesenta y cinco años y mala salud, había empezado a presionarle para que se casara y tuviera hijos que continuaran la dinastía que su bisabuelo había iniciado hacía cien años con los viñedos en Italia. Setenta años atrás, había sido su abuelo quien había decidido extender el negocio a los Estados Unidos.

Cuatro años atrás, después de que su padre sufriera un leve ataque al corazón, Gabriel había asumido la dirección de los viñedos de California. Pero con treinta y tres años, y para desdicha de Cristo, no tenía intención de casarse y tener los herederos necesarios que continuaran con la dinastía.

Bella comenzó a respirar un poco más relajadamente una vez que el almuerzo nupcial y los discursos se terminaron y los invitados comenzaron a pasar a las habitaciones adyacentes, donde iba a iniciarse el baile y continuarían los rituales sociales. Esperaba que eso le diera la oportunidad ideal para que Toby y ella pudieran excusarse.

Hasta el momento había tenido la suerte de mantener a su hijo alejado de Gabriel. Había muchos niños presentes y la feliz pareja había elegido colocar a todos los pequeños en mesas separadas de las de los padres, permitiendo así que los niños disfrutaran de la libertad de mostrarse como eran y a los padres disfrutar en paz del almuerzo y de una conversación adulta. Esa distribución también había imposibilitado conocer de quién eran hijos.

Tomando rápida nota mental de la presencia de Gabriel en el otro extremo del salón de la recepción, Bella se despidió de su familia antes de dirigirse lentamente haca la puerta donde Dahlia y Brian saludaban a los últimos invitados de la velada. Su intención era recoger a Toby de donde jugaba con otros niños antes de marcharse con discreción.

—¿Te vas tan pronto, Bella?

Con el corazón hundido, se dijo que había cantado victoria demasiado pronto al ver la expresión desafiante de Gabriel Danti en la puerta, bloqueándole el paso.

—Me duele la cabeza —se excusó con sequedad.

Él enarcó una ceja.

—Las bodas no van contigo, ¿verdad?

—Sólo me produce alergia la posibilidad de llegar a tener que asistir algún día a la mía propia —le aseguró con sarcasmo.

Gabriel sonrió.

Había observado cómo Bella había cruzado con paso lento pero determinado el salón mientras se iba despidiendo de otros invitados, adivinando con facilidad su intención de marcharse temprano.

Le divertía frenar su partida.

—Espero que mi presencia no se haya sumado a tu... ¿incomodidad?

–En absoluto –lo miró sin pestañear–. El dolor de cabeza probablemente se deba al cambio horario.

–Por supuesto –convino él–. Mi padre expresó su deseo de conocerte –añadió con parcial sinceridad.

No le cabía duda de que su padre disfrutaría de la presentación y que sacaría unas conclusiones erróneas, pero no había solicitado el encuentro.

–¿Tu padre? –se mostró sorprendida por la sugerencia–. Oh, no lo creo, Gabriel... quiero decir... ¿qué sentido tendría? –concluyó evidentemente agitada.´

Él la estudió con párpados entornados.

–¿Cortesía, tal vez? –sugirió–. Después de todo, ahora es el tío político de tu primo.

A Bella no la convenció ese argumento.

–Como te he dicho antes, es muy improbable que volvamos a vernos después de hoy.

–¿Ni siquiera en el bautismo del primogénito de Brian y Dahlia? –enarcó las cejas.

¡No había pensado en eso! Realmente, la situación empezaba a complicarse cada vez más. Tanto, que ya no estaba segura del tiempo que Gabriel permanecería en la ignorancia de que ella tenía un hijo... ¡o de que dicho hijo era suyo!

No obstante, no se sentía capacitada para dar una explicación en ese momento...

–Para eso seguro que faltan años –descartó–. ¿Quién sabe lo que cada uno estará haciendo por entonces? –personalmente, ¡empezaba a tomar en consideración la idea de emigrar a Tasmania! Volvió a intentarlo–. En serio, he de irme, Gabriel...

–Ya que es evidente que esta noche no te sientes inclinada a conocer a mi padre, quizá tu familia y tú podríais visitar los viñedos Danti mañana.

Bella se quedó helada y lo miró entre ceñuda e insegura.

–¿Por qué haces esto? –inquirió.

–Sólo te he dicho que tu familia y tú podíais ir a conocer los viñedos Danti mañana –repitió.

–No ha sido un simple ofrecimiento, Gabriel, y lo sabes –arguyó–. Igual que sabes que eres el último hombre con el que desearía pasar más tiempo –intentaba mantener la respiración acompasada para ocultarle la agitación que la embargaba.

–¿El último hombre? –musitó con los ojos entrecerrados por la suspicacia–. ¿Y por qué, Bella? ¿Qué he hecho para merecer eso? ¿Es posible que sea porque mis cicatrices te parezcan repulsivas? –añadió con aspereza.

–Me insulta que me consideres tan superficial –espetó con el fin de ocultar el hecho de que había cometido otro error.

Pero, ¿cuándo había hecho otra cosa en lo concerniente a ese hombre...?

¡Toby no había sido un error!

Cinco años atrás, se había quedado atónita, y bastante asustada, al darse cuenta de que se hallaba embarazada. Pero eso rápidamente había dado paso a la maravilla de la vida nueva que crecía en su interior. También la había ayudado el apoyo de sus padres, al igual que el de Claudia y Liam. En particular durante los primeros meses en que había cuestionado lo que iba a hacer, cómo se las iba a arreglar y, en especial, cómo iba a ganarse la vida cuando tuviera que ocuparse de un bebé.

Una vez más sus padres habían sido maravillosos al insistir en que siguiera viviendo con ellos durante el embarazo y algún tiempo después del nacimiento de Toby; por ese entonces ya había ganado dinero suficiente para poder mantenerse el bebé y ella.

La actitud de sus padres había sido el doble de admirable si se tenía en cuenta que habían hecho todo eso sin que jamás les dijera, ni ellos insistieran en conocer, el nombre del padre del bebé...

Sin embargo, ¿durante cuánto tiempo se prolongaría la ignorancia de la identidad de Gabriel con la invitación que acababa de hacerle de que visitaran sus viñedos?

Lo miró con curiosidad, reconociendo el parecido con Toby: el pelo negro, la misma estructura facial, esos ojos oscuros, el hoyuelo en el mentón. Aunque no supo si veía las semejanzas porque conocía que era el padre de Toby o si sus padres y hermanos también las notarían.

Claudia ya había notado el parecido que tenía Toby con «alguien», de modo que no podía correr el riesgo.

—De acuerdo, Gabriel, me quedaré el tiempo suficiente para que me presentes a tu padre —capituló de repente, antes de dar media vuelta e ir por delante de él hacia la sala donde Cristo Danti conversaba con su hermana.

Ceñudo mientras la seguía, Gabriel notó que Bella no había respondido por completo a la pregunta de si se sentía repelida por sus cicatrices. Pero no cabía albergar duda alguna sobre la vehemencia de la afirmación de que él era el último hombre con el que deseaba pasar algún tiempo.

Lo interesante era que en una ocasión él había sentido lo mismo acerca de ella...

Al ver que se acercaban, su padre interrumpió la conversación que mantenía. Era evidente que el largo vuelo desde Italia a principios de semana y asistir ese día a la boda de Dahlia le habían pasado factura.

En cuanto se terminaran las presentaciones, también le sugeriría que se marcharan.

–Papá, ¿me permites presentarte a Isabella Scott? Bella, mi padre, Cristo Danti.

Ella contuvo el aliento al mirar esa cara severa y aristocrática, tan parecida a la de Gabriel. Y a la de Toby...

–Señor Danti –saludó con una ecuanimidad que distaba mucho de sentir cuando el hombre mayor le tomó la mano antes de llevársela con galantería a los labios.

–Su nombre le hace justicia, señorita Scott –murmuró Cristo Danti al soltarle la mano.

Bella le ofreció una sonrisa incómoda.

–Gracias.

–¿Está disfrutando de su estancia en San Francisco?

–Mucho, gracias.

Él asintió.

–Es una ciudad que siempre me ha gustado.

–Desde luego es una ciudad interesante –comentó ella, consciente del silencio de Gabriel a su lado.

Sin duda disfrutaba de su incomodidad, tal como había disfrutado de la amenaza velada implícita en la invitación a su familia a conocer los viñedos Danti.

–Ha sido una boda preciosa –continuó Cristo Danti.

–A Bella no le gustan las bodas –dijo Gabriel, hablando por primera vez. Al recibir una mirada ceñuda de ella, le dedicó una expresión burlona.

–Dahlia está preciosa –le respondió al hombre mayor.

–Es verdad –Cristo Danti observó con curiosidad primero a Bella y luego a su hijo–. ¿Va a quedarse algún tiempo en San Francisco, señorita Scott?

–Sólo un par de días más. Y, por favor, llámeme Bella –invitó.

El hombre mayor asintió.

–Quizá antes de marcharse desee...

–¡Mamá, el abuelo y la abuela dicen que nos marchamos ahora! –se quejó Toby enfadado al aparecer de repente a su lado.

Era evidente que toda la excitación de la última semana y que la noche anterior se hubiera acostado tarde hacían que se sintiera cansado y algo quejica.

Bella se quedó paralizada al oír la voz de su hijo, como un animal nocturno atrapado bajo los faros de un coche.

Se dijo que eso no podía estar sucediendo. ¡No ahí! ¡No en ese momento!

No pudo respirar. No pudo moverse ni hablar.

Era peor que cualquier cosa que hubiera imaginado. Peor que cualquier pesadilla que hubiera asolado sus sueños desde que viera otra vez a Gabriel el día anterior.

–¿Mamá? –repitió este a su lado con manifiesta incredulidad.

Bella se obligó a moverse y giró despacio para mirarlo; palideció al observar la intensidad con la que contemplaba a Toby.

Pero fue Cristo Danti quien rompió la inmovilidad de la escena y lentamente comenzó a desplomarse mientras sus ojos incrédulos tampoco se apartaban de Toby.

Del niño que inequívocamente era su nieto...

Capítulo 4

NO hables! ¡Ni una palabra! —le advirtió Gabriel con aspereza mientras iba de un lado a otro del pasillo donde Bella y él esperaban oír noticias de su padre.

Había logrado evitar el desplome de su padre antes de que golpeara el suelo. Bella le había recordado que el padre de ella era médico y había corrido a buscarlo mientras Gabriel sacaba a su padre de la sala con la máxima discreción que permitían las circunstancias.

Aun así, varios invitados, incluidos los novios, los habían seguido hasta el exterior del pequeño cuarto sin ocupar Gabriel había encontrado pasillo abajo.

Henry Scott, el padre de Bella, se había ocupado con firmeza de esos espectadores al reunirse con ellos un par de minutos más tarde, ordenándoles que regresaran a la recepción y a Gabriel y a su hija que esperaran en el pasillo mientras él examinaba a Cristo.

¡Y eso le había proporcionado a Gabriel la oportunidad de reflexionar!

Esa niño pequeño... el hijo de Bella...

¿También era su hijo...?

Dejó de caminar y la miró con expresión acusadora y ella supo que no tenía ningún sentido negar lo que a Cristo Danti le había resultado tan obvio.

Respiró hondo.

—Se llama Toby. Tobias —indicó con voz trémula—. Tiene cuatro años.

Gabriel cerró las manos con fuerza a los costados.

—¡Cuatro años y cuatro meses para ser precisos!

Bella tragó saliva.

—Sí.

Esos ojos negros brillaron amenazadores.

—¿Dónde está ahora?

Bella se irguió a la defensiva.

—Lo llevé para que esperara con mi madre y Liam. Se... se asustó cuando tu padre se desmayó de esa manera.

La miró con frialdad.

—¡La conmoción puede provocarle eso a un hombre que en los últimos cuatro años ya ha sufrido tres ataques leves al corazón!

Bella había desconocido el estado de Cristo Danti. Aunque tampoco habría sido de mucha utilidad que lo supiera. Ni Gabriel ni el padre de él eran parte de su vida ni de la de Toby.

Al menos no lo habían sido hasta ese día...

Sin duda Gabriel querría... no, demandaría, algunas respuestas. Al igual que la expresión de su padre al mirar primero a Cristo Danti y luego a Gabriel, le había dejado bien claro que también él querría algunas respuestas en cuanto terminara de examinar al paciente.

Suspiró.

—No creo que este sea el momento ni el lugar para hablar del tema, Gabriel...

—¡El momento para discutirlo habría sido hace cinco años, cuando descubriste que te habías quedado embarazada!

–¡Si no recuerdo mal, hace cinco años tú ya no estabas a mi lado para hablar!

Él apretó los labios.

–¡Salió en todos los medios de comunicación que por aquel entonces me encontraba en Italia, en los viñedos Danti, recuperándome de las heridas sufridas en el accidente de coche!

Los ojos de Bella centellearon.

–¡Y sin duda crees que te iba a seguir hasta allí a contarte la noticia!

–¡No tenías derecho a mantenerme oculta la existencia de mi hijo! –un nervio palpitó en su mandíbula tensa.

Ella movió la cabeza.

–¡Renunciaste a todo derecho a saber nada de mí al no llamarme como prometiste! ¡Sólo te acostaste conmigo aquella noche por despecho, debido a la relación que mantenía tu novia con Paulo Descari!

La cara de Gabriel se ensombreció peligrosamente.

–Yo...

–¿Podríais guardaros vuestras... discusiones... para después? –Henry Scott había abierto la puerta del cuarto donde Cristo Danti estaba tumbado en uno de los sofás–. Creo que tu padre sólo ha sufrido una severa conmoción y no otro ataque al corazón, pero para asegurarnos, me gustaría trasladarlo al hospital y someterlo a un chequeo completo.

–¿Papá...? –Bella miró a su padre con expresión de incertidumbre.

Él la tranquilizó con una sonrisa.

–Está bien, Bella –comentó con gentileza–. Por el momento, concentrémonos en llevar al señor Danti al hospital, ¿de acuerdo?

Bella no necesitó que su padre le explicara con más claridad que había adivinado la relación de Toby con los dos hombres Danti.

¿Qué pensaría su padre de ella?

Más aún, ¿qué pensaría del hecho de que Gabriel Danti, de todos los hombres posibles, fuera el padre de su nieto?

—Me gustaría ver a mi hijo.

Bella se había quedado en el hotel para acostar a Toby cuando Gabriel y su padre habían acompañado a Cristo Danti al hospital. Pero ella ni siquiera había intentado acostarse. Había estado segura de que Gabriel regresaría en cuanto tuviera la certeza de que su padre se había recuperado.

Eran casi las dos de la mañana, y aun así llevaba esperando la llamada a la puerta del salón que conectaba la habitación que compartía con Claudia y la que Liam compartía con Toby. Se había quitado el vestido de la recepción y llevaba puestos unos vaqueros y una camiseta negra.

Gabriel estaba enfadado, y la cicatriz que le cruzaba la mejilla izquierda se notaba más en sus facciones duras. La miró casi con rabia.

Le abrió la puerta para que pudiera pasar.

—Toby está dormido —le informó con calma mientras cerraba detrás de él y giraba para mirarlo.

Él apretó la mandíbula y dio la impresión de que la cicatriz le palpitaba.

—No obstante, quiero verlo.

—¿Cómo se encuentra tu padre?

—Las pruebas han confirmado que el diagnostico inicial de tu padre era correcto. Fue la conmoción lo que le causó el desmayo y no un ataque al corazón. Va a pasar la noche en el hospital en observación, pero esperan darle el alta por la mañana. Isabella...

–¿Mi padre ha regresado contigo del hospital? –aquella noche ya había mantenido una conversación prolongada e incómoda con su madre, y no estaba segura de sentirse preparada para otra en cuanto Gabriel se marchara.

Él asintió con gesto seco.

–Me pidió que te dijera que hablaría contigo por la mañana.

Ella abrió mucho los ojos.

–¿Sabía que venías hacia aquí? –incluso al formular la pregunta supo la respuesta: ¿de qué otro modo habría podido saber Gabriel en qué suite se alojaban?

–Sí, comprendió que querría ver a mi hijo otra vez.

Bella se sentía fatal cada vez que decía «mi hijo». Sin importar cuál fuera la herencia biológica del pequeño, Toby seguía siendo su hijo, no de Gabriel.

Movió la cabeza con firmeza.

–No creo que sea una buena idea...

La risa desdeñosa de él la cortó en seco.

–Cualquier consideración que hubiera podido tener por tus deseos murió al descubrir que durante cuatro años me has ocultado la existencia de mi hijo.

¡Tenía un hijo!

Todavía le resultaba increíble que semejante personita existiera. Que hubiera un niño con el pelo revuelto en el dormitorio contiguo con sus ojos y su pelo y un pequeño hoyuelo en el centro de su mentón...

Después de que se le negara dicho conocimiento durante cuatro años, no tenía ninguna intención de permitir que eso continuara un minuto más.

–¿Dónde está, Isabella? –insistió, y la mirada de pánico que ella dirigió a la derecha del salón hizo que avanzara hacia allí con determinación.

–¿Adónde vas?

Gabriel soslayó la protesta y con suavidad abrió esa puerta, reconociendo al niño que dormía en la primera cama como Liam Scott antes de centrar su atención en el más pequeño que ocupaba la segunda cama.

Contuvo el aliento al mirar al pequeño.

Con melancolía reconoció que era guapo.

¡Y ese niño tan guapo era de su sangre!

Bella sólo pudo ser testigo impotente cuando Gabriel se arrodilló junto a la cama de Toby, y la protesta jamás salió de sus labios al ver cómo alargaba una mano para acariciar la mejilla del pequeño con tanta gentileza y ternura que Toby ni se inmutó.

Sintió que el corazón se le partía al ver la oleada de amor que suavizó las duras facciones de Gabriel, el fulgor de ese amor en la mirada sombría mientras seguía contemplando maravillado a su hijo.

Y sin ninguna duda supo que se habían acabado los años de compartir a Toby sólo con su familia...

–Necesito una copa –dijo Gabriel un rato más tarde, después de haber abandonado a regañadientes la cama de su hijo y regresar al salón.

Sin esperar la respuesta de Bella, fue directamente al minibar para servirse una botellita de whisky y bebérsela casi toda de un trago.

–Y bien, Isabella –la miró–, ¿qué sugieres que hagamos en esta situación?

–¿Qué situación –cuestionó ella a la defensiva.

Gabriel la observó con párpados entornados. Había hecho el amor con esa mujer hacía unos cinco años. El resultado de ese acto había sido un hijo... cuya existencia ella le había ocultado a propósito. Sólo por eso no merecía misericordia.

Apretó los labios.

–La situación en la que Toby, sin importar que tú hayas decidido lo contrario, merece conocer a su padre y no únicamente a su madre.

Ella mantuvo la postura defensiva.

–Como ya te he explicado...

–Por lo que me has dicho, abandoné mi derecho a conocer a mi hijo porque tú creías que sólo me acosté contigo por celos y despecho por la relación que mi exnovia mantenía con Paulo Descari –repitió con frialdad la acusación que ella le había expuesto–. Ni los celos ni el despecho formaron parte de mis emociones aquella noche, Isabella –añadió con sequedad–. Y, desde luego, tampoco las sentía cuando tuve el accidente al día siguiente.

Bella se humedeció los labios de pronto resecos al percibir en él la violencia controlada.

–No fui yo quien sugirió eso, Gabriel. Fuiste tú.

Soltó un bufido.

–Era imposible no hacerlo teniendo en cuenta lo que dijo Janine después del accidente –gruñó él–. El interrogatorio oficial demostró mi inocencia. Pero quizá tú prefieres pensar que soy responsable del accidente que causó la muerte de dos hombres en vez de aceptar mi palabra sobre lo sucedido aquel día.

Bella sintió que palidecía al mirarlo. No, claro

que no prefería pensar que Gabriel había causado adrede el accidente que había matado a otros dos hombres. ¡No lo creía!

Él podía ser culpable de muchas cosas, pero bajo ningún concepto lo consideraba culpable de eso.

La miró con frialdad.

—No causé el accidente, Isabella —repitió con firmeza—. Eso sólo fue la acusación histérica de una mujer que se aprovechó del hecho de que permanecí inconsciente varios días y, por ende, fui incapaz de negar dichas acusaciones.

Y tampoco esa acusación había sido la causa por la que Bella no se había esforzado en contactar con Gabriel después del accidente...

¿Cómo habría podido presentarse en el hospital y solicitar que se le permitiera verlo cuando sólo habían pasado una noche juntos?

Si Gabriel hubiera querido volver a verla, había razonado ella en su momento, entonces la llamaría tal como había dicho que haría. Hasta que no decidiera eso, si es que elegía hacerlo, no le quedaría más remedio que continuar con su vida de la mejor manera posible.

El embarazo era algo que no había tomado en consideración cuando tomó esa decisión.

Semanas más tarde, después de que se confirmara este, se había visto obligada a adoptar decisiones, tanto para sí misma como para su bebé. Que Gabriel no la llamara había reforzado su sospecha de que no quería saber nada de ellos. O en caso contrario, que tenía el poder de arrebatarle a su hijo. Algo que no iba a dejar que sucediera. Ya era demasiado tarde para explicarle o revertir algunas de esas elecciones...

Gabriel estudió su rostro expresivo, pero las emociones que pasaron por él fueron demasiado fugaces para poder discernirlas.

—Yo no causé el accidente, Isabella, pero eso no significa que no haya llevado conmigo la culpabilidad por las muertes de Paulo y Jason cada día desde entonces.

—Pero, ¿por qué? —preguntó desconcertada.

Gabriel se volvió para observar por la ventana el horizonte de San Francisco.

¿Cómo podría explicarle alguna vez cómo se había sentido al despertar cinco años atrás y descubrir las muertes de Paulo Descari y Jason Miller y enterarse de las acusaciones histéricas de Janine?

Y a ello se había sumado la absoluta desesperación e impotencia que había sentido ante sus propias lesiones y heridas, ante la posibilidad de que tal vez jamás volviera a caminar.

Lo peor de todo, incluso peor que las muertes de Paulo y Jason y del engaño de Janine, había sido saber que la noche que habían pasado juntos había significado tan poco para Bella...

¡No!

Se negó a volver por ese camino. Llevaba casi cinco años sin pensar en el abandono de ella. No podía hacerlo en ese momento.

Pensaría únicamente en Toby. En su hijo. Y en la segunda traición de Bella...

Volvió a mirarla, y su expresión fue implacable.

—Toby es lo único que importa ahora —le dijo con frialdad—. Mañana volveré a las diez, momento en el que Toby y tú estaréis preparados para acompañarme...

—No pienso ir a ninguna parte contigo, Gabriel, y tampoco Toby —cortó de inmediato.

–Momento –repitió con tono aún más gélido, si era posible– en el que Toby y tú estaréis preparados para acompañarme a visitar a mi padre. El abuelo del pequeño –añadió con dureza.

La segunda negativa que iba a plantear Bella murió en sus labios.

Antes había hablado con su madre. O, más bien, su madre había hablado con ella. Una conversación en la que su madre le había asegurado que la relación entre Gabriel y ella era asunto exclusivo de ambos y que sólo ellos dos debían solucionar. Sin embargo, y hablando como abuela, había añadido que sentía que Cristo Danti hubiera tenido que enterarse así de que tenía un nieto. Era evidente que dicho conocimiento había resultado tan emocionalmente intenso como para provocar el desmayo.

Un hecho irrefutable contra el cual no tenía defensa.

Ni antes ni en ese momento.

Sintió los hombros rígidos por la tensión.

–Primero, deja que te exponga que me molesta mucho que recurras al chantaje emocional con el fin de lograr que haga lo que quieres...

–¿Preferirías que recurriera a los tribunales? –desafió con desdén.

Ella tragó saliva.

–Eso llevaría meses, y por ese entonces me encontraría a salvo en Inglaterra.

–Haré que mis abogados soliciten una orden judicial inmediata que impida que Toby o tú podáis abandonar este país –le advirtió–. Soy un Danti, Isabella –le recordó.

–Segundo –continuó ella, reanudando la conversación anterior–, a pesar del hecho de que me desagradan tus métodos, soy perfectamente consciente de los derechos de tu padre como abuelo de Toby...

–¡Pero no de los míos como padre! –estaba tan furioso que su cuerpo se le puso rígido por la emoción contenida.

Lo miró con tristeza, sabiendo que la conversación que mantenían sólo lograba ampliar la distancia existente entre ellos.

Al ver a Gabriel el día anterior, había sabido que no era el mismo hombre hacia el que tan atraída se había sentido cinco años antes como para olvidar, o dejar de lado, todo vestigio de cautela con el fin de pasar la noche en sus brazos.

El Gabriel que tenía delante de ella mostraba cicatrices tanto por dentro como por fuera y la frialdad de su furia acerca de que le hubiera ocultado la existencia de Toby resultaba peor que cualquier acusación.

Suspiró.

–¿Has dicho a las diez?

La observó con los ojos entrecerrados en busca de alguna señal de engaño, pero no pudo ver ninguna. Sólo la aceptación cansada de una situación que no podía hacer nada para cambiar.

Relajó un poco la tensión en sus hombros.

–Primero nos sentaremos juntos con Toby y le explicaremos la relación que mi padre y yo tenemos con él.

–¿No es un poco prematuro? –protestó ella.

–¡En mi opinión es cuatro años y medio tarde! –espetó Gabriel.

–Sólo servirá para que se sienta más confuso al no tener tú un papel activo en su vida...

Otra risa desdeñosa cortó la protesta.

—¿De verdad crees que eso va a continuar?

Bella lo miró y no albergó ninguna duda de que su intención era mantener en el futuro un papel muy activo en la vida de Toby.

Y no tenía idea de dónde la dejaba eso a ella.

Capítulo 5

EL abuelo vive en una de las casas grandes? –Desde luego que sí, Toby –respondió Gabriel. Bella nunca dejaría de estar asombrada por la flexibilidad de los niños, y la de su propio hijo en particular.

Después de estar sin dormir, debatiendo cómo decirle que Gabriel Danti era su padre y Cristo Danti su abuelo, se había quedado totalmente sorprendida por la naturalidad con que Toby lo había aceptado.

Su timidez inicial al presentarle a su padre se había transformado en entusiasmo al subir a la parte de atrás del descapotable deportivo de Gabriel para ir hasta la casa donde su abuelo esperaba ansioso para conocerlo, después de que esa mañana le hubieran dado el alta del hospital.

Las emociones de ella eran mucho menos simples mientras miraba el paisaje, sin captar nada de la belleza del Océano Pacífico en la distancia.

Su vida, y por consiguiente la de Toby, se hallaba en Inglaterra. En el pequeño pueblo donde en cuanto dispuso de medios económicos había comprado una casita donde vivir ambos, después de permanecer con sus padres los dos primeros años de la existencia de su hijo. Le gustaba vivir en un pueblo, y también a Toby, quien en septiembre debía empezar a asistir a la escuela local.

Esa situación con Gabriel, sumada a las amenazas

veladas que le había lanzado la noche anterior, hacían que se preguntara cuándo podría esperar volver a aquella vida.

Pero esa mañana las gafas de sol que él llevaba le impidieron leer sus ojos. Cuando llegó al hotel a buscarlos, se mostró animado por Toby y con una cortesía tensa hacia ella. Pero era evidente que aún estaba enfadado.

Una furia que probablemente siempre sentiría por negarle el conocimiento de la existencia de su hijo y los primeros cuatro años de vida de este...

—Hemos llegado, Toby —le dijo a su hijo al tomar el sendero de la casa y esperar que las puertas electrónicamente operadas se abrieran para poder conducirlos hasta la entrada.

Incluso doce horas después a Gabriel le costaba creer que tenía un hijo. Un niño brillante, feliz y natural que había tomado la noticia de que él era su padre de una manera mucho más pragmática que la mostrada por él al enterarse de que tenía un hijo.

Miró a Bella escondido detrás de los cristales oscuros de las gafas de sol y notó la palidez de sus mejillas y las líneas de tensión alrededor de la boca y los ojos.

¡Se lo merecía!

Las afirmaciones que hubiera hecho Janine Childe cinco años atrás no cambiaban el hecho de que Bella ni siquiera hubiera intentado informarle de que se había quedado embarazada.

—¿Toda tu familia está al corriente ahora de la identidad del padre de Toby?

A Bella le agradó llevar gafas de sol para ocultar las lágrimas súbitas que se habían acumulado en sus ojos al recordar el desayuno que antes había compartido con sus padres y hermanos.

Sus padres no pronunciaron ninguna palabra de rechazo o desaprobación, sólo tuvo su gentil comprensión mientras ella les explicaba la situación de cinco años atrás.

Y al quedarse a solas, su hermana Claudia sólo había querido detalles de aquella noche. Detalles que, desde luego, no le proporcionó.

—Sí —confirmó con voz ronca.

Gabriel asintió satisfecho mientras aceleraba el deportivo negro hasta la casa que era tan imponente como Bella habría esperado de esa zona tan prestigiosa de San Francisco. Era grande y con gabletes, mostraba un ligero estilo victoriano con su estructura de ladrillos vistos y los marcos blancos alrededor de las ventanas de cristales tintados.

—¿Estás seguro de que... esta visita... no va a hacer que tu padre recaiga? —Bella se detuvo en el sendero de gravilla en cuanto todos bajaron del coche.

Gabriel había dejado las gafas en el coche y la miró con expresión burlona.

—Todo lo contrario.

Bella lo miró desconcertada por el comentario críptico.

—¿Disculpa?

Él apretó los labios.

—Luego, Isabella —cortó con sequedad—. Tú y yo vamos a volver a hablar luego.

No le gustó el sonido de ese comentario.

Y empezaba a desagradarle el modo en que la llamaba «Isabella» de ese modo frío y despectivo.

Movió la cabeza.

—No creo que nos quede nada por hablar, Gabriel —indicó con firmeza.

Él rio brevemente, sin humor.

—Aún no hemos empezado a hacerlo, Isabella.

El padre de él los esperaba en el invernadero. Gabriel supo que un entorno tan informal era lo que se necesitaba para lograr que un niño de cuatro años se relajara.

La voz ronca de Cristo delató sus sentimientos cuando Toby se reunió con él y le permitió al pequeño regar lar las orquídeas.

—Estoy descuidando a tu madre, Toby —se disculpó el hombre mayor minutos después, irguiéndose—. Puedes seguir regando las plantas si así lo deseas, Toby, o puedes venir a sentarte con nosotros mientras tu madre y yo charlamos.

Sabía perfectamente cuál sería la elección de su hijo; como la mayoría de niños pequeños, no mostraba ningún interés en las conversaciones de los adultos.

—Bella —la voz de Cristo Danti sonó profunda por la emoción al cruzar el invernadero hacia donde estaba sentada en una de las sillas de mimbre allí dispuestas. Le tomó la mano y la acercó a los labios mientras ella se incorporaba—. Gracias por traer a Toby para que me viera —le dijo con ojos algo húmedos.

Bella sintió un nudo en la garganta al observar al padre de Gabriel, incapaz de discernir si en la mirada directa de ojos castaños había algún reproche; ella sólo veía la humedad de las lágrimas que no intentaba ocultarle.

Fue muy consciente de la presencia silenciosa y amenazadora de Gabriel de pie a su lado.

—Yo... —se humedeció los labios nerviosa— la verdad es que no sé qué decir —tartamudeó, consciente del comentario tan inapropiado pero tan cierto.

–Gabriel ya me ha explicado todo lo que había que explicar –el hombre mayor le sonrió con gesto tranquilizador–. Lo único que de verdad importa es que Toby y tú estáis aquí ahora.

Bella, aparte de sentir la carga pesada de la culpa ante la completa aceptación por parte de Cristo Danti de la situación que la noche anterior le había provocado un desmayo, también se preguntó qué le habría explicado exactamente Gabriel...

–Es muy amable –le dijo al hombre mayor mientras le apretaba la mano antes de soltarla.

–Es evidente que Isabella y yo aún tenemos mucho que hablar, papá –intervino de repente Gabriel–. Si Toby y tú nos disculpáis durante unos minutos...

La sugerencia provocó en Bella una súbita sensación de pánico, insegura de si se hallaba preparada para otro enfrentamiento con él en ese instante. No había dormido mucho durante la noche anterior y la mañana ya había sido muy traumática con la conversación familiar, seguida de la llegada de Gabriel al hotel y de la explicación que le habían ofrecido a Toby, por no mencionar la reunión en ese momento con Cristo Danti.

Pero un simple vistazo a la sombría determinación de la expresión de Gabriel bastó para indicarle que no tenía elección en el asunto.

–¿Toby...? –llamó para captar la atención de su hijo, que seguía regando las plantas–. ¿Estarás bien mientras yo mantengo una pequeña charla con... con... tu padre? –no le resultó nada fácil decirlo en voz alta.

–Sí –el pequeño le sonrió feliz y despreocupado.

En ese momento, Bella deseó que su hijo no fuera tan sociable; era evidente que no iba a ofrecerle ninguna ayuda para evitar el enfrentamiento con Gabriel.

Sabía que para el pequeño esa era una gran aventura; no tenía ninguna idea de las tensiones subyacentes que provocaba hallarse ante su padre y su abuelo... ¡ni de las posibles repercusiones!

Bella quería asegurarse de que siguiera siendo así...

—Estoy seguro de que Toby y yo lo pasaremos bien juntos, Bella —le aseguró Cristo.

Le dedicó una sonrisa de agradecimiento, que se desvaneció en cuanto Gabriel dio un paso atrás de cortesía para dejar que lo precediera hacia la casa principal. Aunque no creyó que esa cortesía continuara cuando se hallaran completamente a solas.

Él se adelantó para abrirle una puerta que había en un extremo del pasillo antes de apartarse con el fin de permitirle que entrara.

Era una estancia con paredes alineadas con libros; consternada notó que se parecía mucho al estudio del hogar de los Danti en Surrey, donde Gabriel y ella se conocieron.

También él fue consciente de la ironía del entorno mientras cerraba la puerta antes de ir a sentarse detrás del escritorio. La miró con ojos entrecerrados al ver que ella elegía no sentarse en el sillón que había ante la mesa, sino que se dirigía hasta el enorme ventanal, y le daba la espalda.

Ese día se había recogido el cabello y el cuello expuesto parecía frágil en su delgadez. Lucía una blusa de color crema y unos pantalones negros ceñidos.

Parecía pequeña, delicada, pero Gabriel sabía que esa apariencia era engañosa. Isabella Scott era más

que capaz de defenderse a sí misma y a Toby si sur-
giera la necesidad. En el caso del pequeño, y en lo
que a él concernía, esta no surgiría. Sin embargo, Bella era una cuestión aparte...

—¡Ignorarme no hará que desaparezca, Isabella! —
indicó con exasperación.

Ella se volvió con sonrisa pesarosa.

—¡Ojalá fuera así!

La miró con frialdad.

—Durante los últimos cinco años has hecho todo a
tu manera...

—¿A qué te refieres con todo? —replicó con sequedad, el cuerpo tenso—. Tenía veintiún años entonces,
Gabriel. ¡Sólo veintiuno! —recalcó—. En ese momento
no figuraba en mis planes inmediatos tener un bebé,
y menos de un padre que ni siquiera vivía en el mismo país que yo cuando nació el pequeño.

—No sirve para nada enfadarse, Isabella...

—¡A mí sí me sirve! —contradijo con vehemencia—.
Has dejado claro que desapruebas mis actos de hace
cinco años, así que intento explicarte que hice lo que
consideré lo mejor...

—¿Para quién? —se reclinó en el sillón y la observó
con atención.

—¡Para todo el mundo!

Gabriel apretó la mandíbula.

—¿De qué modo es bueno para Toby no haber sido
consciente de la existencia de su padre o de la familia
de este? ¿De qué modo es mejor para él que no dis-
frutara de las comodidades que le podría haber apor-
tado ser un Danti...?

—A Toby no le ha faltado nada...

—¡Le ha faltado un padre! —espetó con voz gélida.

Su acusación era indiscutible.

Bella respiró hondo para serenarse. Sabía muy bien que convertir esa conversación en una disputa airada no arreglaría nada de lo que se interponía entre Gabriel y ella.

Movió la cabeza.

—Te aseguro que mis padres han sido maravillosos —le explicó—. Claudia y Liam también. Y en cuanto pude trabajar, me cercioré de que a Toby no le faltara nada.

—¿En qué has estado trabajando? —inquirió él.

Bella hizo una mueca.

—En cuanto descubrí que estaba embarazada, me sentí perdida acerca del trabajo que podría desempeñar. Pero había escrito mi tesis universitaria sobre la vida de Leonardo da Vinci. Mi tutor pensó que era lo bastante buena como para que se publicara, de modo que durante los meses del embarazo me puse en contacto con una editorial para ver si le interesaba. Con mucho trabajo y cincuenta mil palabras más, la aceptaron. Tuve suerte de que su publicación coincidiera con una novela sobre un tema similar que entonces alcanzó gran popularidad —se encogió de hombros—. En los últimos tres años he tenido dos libros en la lista de los best-sellers de no ficción —añadió con humildad.

Gabriel comprendió entonces de dónde procedía la seguridad y ese aire de serena satisfacción que emanaban de Bella. A pesar de su inesperado embarazo y de la dificultad implícita en ser madre soltera, había logrado alcanzar el éxito en lo que había elegido estudiar.

—Eso es... admirable.

—¿Pero inesperado?

Él no pudo negar que la evidente independencia

económica de Bella era algo con lo que no había contado al contemplar una solución al problema al que se enfrentaban en ese momento.

Aunque tal vez debería haberlo hecho.

—Quizá —concedió tras una pausa—. Pero, en última instancia, no cambia nada.

Bella frunció el ceño desconcertada.

—Lo siento... no entiendo.

—Toby es mi hijo...

—Creo que ya he reconocido ese hecho —espetó.

Él la miró con expresión burlona.

—Es innegable, ¿verdad? —murmuró con satisfacción. El parecido que tenía con su padre y con él era tan evidente que había hecho que su padre se desmayara. Apretó los labios—. La única solución es que nos casemos lo antes posible.

—¡No! —protestó ella horrorizada—. No, Gabriel —repitió con expresión decidida—. No tengo ninguna intención de casarme contigo, ni ahora ni en el futuro.

La sugerencia de matrimonio de Gabriel la había dejado completamente atónita. ¿Sugerencia? No había sugerido nada... ¡lo había expuesto como algo inmutable!

Cinco años atrás ella había considerado todas las opciones, incluida la de ir a contarle su embarazo, a pesar de la complicación que representaban los sentimientos de Gabriel por Janine Childe.

Uno de los beneficios sin duda habría sido el ofrecimiento de ayuda económica por parte de él, y lo había rechazado por principios; no le importaba lo dura que tuviera que ser su lucha para arreglárselas por su cuenta, y no quería deberle nada a Gabriel Danti.

Que hubiera pensado en casarse con ella por el bien del bebé había sido una opción menos factible, teniendo en cuenta que la suya sólo había sido la aventura de una noche, y que había rechazado incluso con más vehemencia que la idea de la ayuda económica que pudiera darle.

No quería casarse con alguien por el único hecho de haber tenido un hijo.

—¿No quieres casarte conmigo porque mentiste al decir que mis cicatrices no te repugnaban? —soltó Gabriel con aspereza y ojos entrecerrados.

Bella movió la cabeza.

—No me repugnan en absoluto —insistió con serenidad.

—La mayoría de las mujeres no diría lo mismo —expuso con frialdad.

—Pues yo no soy la «mayoría de las mujeres» —espetó furiosa—. Gabriel, reconoce a Toby como tu hijo, por supuesto, pero, por favor, a mí déjame fuera de la ecuación —suplicó.

—Eso podría resultar algo complicado siendo tú la madre de Toby.

Ella movió la cabeza.

—Estoy segura de que podremos establecer unas visitas... —calló al ver que Gabriel se ponía súbitamente de pie.

—¿Eso es lo que quieres para Toby? —soltó—. ¿Quieres que se convierta en un simple fardo que pasa de uno a otro de sus padres?

—No tiene que ser así —protestó ella.

—Si no nos casamos, será exactamente así —insistió él con impaciencia.

Bella tragó saliva.

—¿Crees que a Toby le irá mejor siendo el único

eslabón entre dos personas que no se aman pero que están casadas?

–Has dicho que mis cicatrices más obvias no te resultan... inaceptables –se acercó lo suficiente como para ver el leve rubor que apareció en sus mejillas y la rápida subida y bajada de sus pechos bajo la blusa color crema.

–Y así es –frunció el ceño–. ¡Pero eso no significa que me guste la idea de casarme contigo!

No era capaz de pensar con claridad con Gabriel tan cerca. No podía concentrarse en nada salvo en el calor de su mirada oscura recorriéndole lentamente el cuerpo hasta detenerse en los pechos turgentes, que respondieron con una percepción hormigueante y cuyos pezones se mostraron repentinamente duros contra la tela suave del sujetador y la blusa. Un impulso cálido y palpitante entre los muslos hizo que se moviera incómoda.

Se humedeció los labios de pronto resecos.

–La atracción física tampoco es base para un matrimonio –incluso al escuchar sus propias palabras, se dio cuenta de que carecían de fuerza.

–Pero estarás de acuerdo en que es un comienzo, ¿no? –murmuró él con voz ronca y una profunda satisfacción en el fondo de sus ojos.

Apenas podía respirar bajo esa mirada que le permitía ver la calidez que ardía en sus profundidades. Luego se acercó para que fuera consciente de la dura presión de su erección contra ella al tiempo que bajaba la cabeza con la obvia intención de reclamar su boca...

Cuando estas se pegaron fue como un dique estallando. Bella metió los dedos en el pelo negro y tupido de Gabriel mientras los cuerpos exigían la máxima proximidad del otro. El beso se ahondó con pasión y se descontroló cuando la lengua de él la provocó para que lo reclamara tal como él estaba haciendo.

Bella ansiaba tanto eso… El doloroso vacío que acechaba en su interior se llenó por completo cuando Gabriel le abrió la blusa y le sostuvo un pecho al tiempo que movía la yema del dedo pulgar sobre el duro pezón para excitarlo aún más.

Estuvo a punto de arrancarle la camisa cuando tuvo que satisfacer su propia necesidad de tocarle la piel. Los músculos duros… La suavidad del vello que le cubría el torso… Con los dedos le acarició las finas líneas de las cicatrices dejadas por el accidente de cinco años atrás y él respondió a esas caricias con un gemido ronco.

No ofreció resistencia cuando Gabriel le soltó el sujetador y le liberó los senos para acariciárselos. Jadeó cuando él quebró el beso y posó los labios en un pezón duro, ejerciendo una succión ardiente y húmeda con la lengua mientras con la mano le acariciaba el otro pecho.

El palpitar entre los muslos de Bella se encendió y lubricó, convirtiéndose en un vacío que necesitaba ser llenado con la erección de Gabriel, que palpitó con la misma necesidad mientras comenzaba a frotarse contra él. No le ofreció resistencia cuando le coronó el trasero con las manos y la alzó hasta dejarla sentada en el escritorio, separándole las piernas con el fin de poder situarse entre ellas, con la erección centrada en ese momento en su sensibilizado núcleo.

Gimió con satisfacción cuando la tumbó sobre la mesa con el fin de succionarle los pechos desnudos con el mismo ritmo encendido con el que movía la erección contra sus muslos. Su respiración se hizo entrecortada a medida que su liberación comenzaba a arder, a explotar, llevándola hasta el límite de la cordura...

En la puerta del estudio sonó una llamada leve antes de que Cristo Danti les informara:

—Toby y yo estaremos en el jardín cuando hayáis terminado de hablar.

Gabriel se había apartado con brusquedad de ella en el instante en que oyó la llamada, y apretó los labios al ver la expresión horrorizada de Bella antes de que se incorporara del escritorio, le diera la espalda y se arreglara la ropa.

—Isabella y yo nos reuniremos pronto con vosotros —le respondió distraído a su padre al tiempo que se abrochaba la camisa.

—No hay prisa —le aseguró el hombre mayor antes de alejarse por el pasillo.

Gabriel miró ceñudo la espalda de Isabella mientras intentaba sin éxito volver a abrocharse el sujetador con dedos demasiado temblorosos.

—Déjame —soltó antes de acercarse y abrochárselo.

—Gracias —dijo con rigidez, sin girar mientras se abotonaba la blusa—. ¡No... no sé qué decir! Eso ha sido... No sé qué ha pasado...

—Oh, creo que eres bien consciente de lo que ha estado a punto de pasar, Bella —comentó—. Me satisface que no mintieras acerca de mis cicatrices —añadió con voz ronca.

Ella no había mentido acerca de sus cicatrices externas; pero las internas eran otra cosa...

Movió la cabeza.

—Por lo general no me comporto de... de esa manera.

–Quizá ha pasado tiempo desde la última vez que estuviste con un hombre –señaló él con tono seco.

Bella se volvió y lo miró con ojos centelleantes. ¿Qué clase de mujer pensaba que era?

¡La clase de mujer que casi dejaba que le hicieran el amor sobre la superficie de un escritorio!

¡La clase de mujer que había estado a punto de romper la camisa de Gabriel en su necesidad de tocarlo!

Cerró los ojos disgustada consigo misma mientras intentaba recuperarse ¡Desde luego no era esa clase de mujer! Seguro que Gabriel no le creería aunque se lo dijera... algo que no pensaba hacer; ya la humillaba bastante saber lo fuera de lugar que había sido su comportamiento como para contarle que no había habido un hombre en su vida desde aquella noche que había pasado con él hacía cinco años.

Durante nueve meses había estado embarazada, y desde el nacimiento de su hijo, había centrado toda su atención en él. ¡No había querido añadir más confusión a esa vida nueva proporcionándole una sucesión de «tíos»!

Respiró hondo antes de abrir los ojos y mirarlo indignada. A través de la camisa aún abierta pudo ver el fino patrón de cicatrices que rompía la suavidad de esa piel cetrina. Con el pelo revuelto, parecía un pirata. ¡Desde luego, tan atractivo que perturbaba su tranquilidad.

Enarcó las cejas con gesto burlón.

–¡Estoy segura de que para mí ha pasado mucho más tiempo que la última vez que tú «tuviste» a una mujer!

Gabriel siguió mirándola en silencio durante unos segundos tensos, luego esbozó una sonrisa sin humor.

–No todas las mujeres son tan... comprensivas acerca de la imperfección física como pareces serlo tú –comentó con tono cortante.

Bella no podía creérselo. ¡Si Gabriel fuera un poco más perfecto, la tendría babeando!

–Creo que lo que acaba de suceder ha demostrado que no faltaría gratificación física en nuestro matrimonio –añadió él con perversión.

Bella apretó los labios.

–No vamos a casarnos –repitió con firmeza.

Él se mostró impasible ante su vehemencia.

–Oh, creo que sí.

–¿En serio? –frunció el ceño, en absoluto contenta con la seguridad que mostraba el tono de Gabriel.

–En serio –corroboró–. Estoy segura de que debes ser consciente de los beneficios que semejante matrimonio...

–Si te refieres a lo que acaba de suceder entre nosotros, ¡olvídalo! –exclamó airada–. ¡Puedo encontrar esa clase de «beneficios» con cualquier hombre!

–No habrá ningún otro hombre en tu vida en cuanto nos casemos, Isabella –apretó los labios–. Ahora que sé cuál será tu reacción, nos casaremos en el sentido más completo del término. Al ser hijo único, espero que sea un matrimonio que nos permita tener más hijos. Muchos hermanos para Toby.

Quedó momentáneamente desconcertada por esa afirmación. Luego movió la cabeza con énfasis.

–No puedo imaginar que desees pasar el resto de tu vida en compañía de una mujer que no te ama...

–Como tampoco a ti te gustaría estar casada con un hombre al que no amaras –reconoció–. Pero la alternativa es menos apetecible. Una larga, y sin duda pública, batalla legal por la custodia de Toby –expuso con tono sombrío.

Bella se quedó boquiabierta cuando su mayor temor se convirtió en una posibilidad.

–¿Le harías eso a Toby?

Gabriel se encogió de hombros.

–Si no me dejas otra alternativa, sí.

Lo miró y la expresión implacable le reveló que hablaba en serio.

Respiró hondo.

–De acuerdo, Gabriel, pensaré en casarme contigo...

–Con pensarlo no basta, Isabella –cortó–. Y menos cuando sospecho que quieres retrasar lo inevitable con el fin de que Toby y tú podáis volver a Inglaterra mañana, tal como tenías planeado en un principio, ¿no?

¡Era exactamente lo que había pensado!

Se mordió el labio inferior.

–No creo que sea inevitable que nos casemos...

–Lamento discrepar. Quiero tu respuesta antes de que te marches hoy de aquí.

–¡La recibirás cuando esté preparada para dártela! –exclamó exasperada.

Aunque tenía la impresión de que ya sabía cuál sería.

Capítulo 6

TE veré por la mañana, papi?

Bella sintió un nudo en la garganta mientras esperaba la respuesta de Gabriel. Se hallaba al pie de la cama de su hijo y los observaba. Toby estaba arropado y él, sentado junto al pequeño.

A medida que el día había avanzado, con un recorrido de los viñedos Danti y el almuerzo en la terraza de la magnífica villa, para luego cenar en una maravillosa marisquería en Pier 39, le resultó imposible negarse a sí misma que Gabriel era maravilloso con Toby.

Que ya quería a Toby con la misma intensidad que ella misma.

¡Y que ese cariño era recíproco!

Mirándolos en ese momento, tan parecidos físicamente, no pudo evitar llegar a la conclusión de que libraba una batalla que ya tenía perdida. Que tratar de oponerse a ese Gabriel más duro y arrogante era una pérdida de tiempo y un desgaste emocional.

Él la miró con ojos inescrutables.

—Creo que eso depende de mamá, ¿no te parece? —murmuró.

—¿Mami? —instó Toby ansioso.

Bella respiró hondo antes de contestar:

—Ya veremos —repuso sin comprometerse a nada.

—Por lo general, eso significa que sí —le susurró Toby a Gabriel con tono de conspiración.

–¿Sí? –Gabriel la miró burlonamente.

–Significa que ya veremos –insistió ella–. Y ya es hora de que te duermas, jovencito –le dijo a su hijo mientras se acercaba–. Ga... Papá y yo estaremos en la habitación contigua si nos necesitas, Toby –le aseguró antes de inclinarse para darle un beso.

El pequeño le rodeó el cuello y la abrazó.

–Ha sido un día precioso, ¿verdad, mami?

Bella sintió una gran emoción al mirar la carita radiante y feliz de su hijo.

¿Podía poner en peligro esa felicidad sometiéndolo al trauma que causaría la batalla legal con Gabriel? ¿Podía poner a Toby en una posición en la que casi se vería forzado a elegir entre la madre con la que había vivido toda su joven vida o el padre al que acababa de conocer? ¿Podía hacerle eso?

Supo que la respuesta a todas esas preguntas era no...

–Precioso –le confirmó a su hijo con júbilo antes de volver a besarlo–. Te veré por la mañana, cariño –le revolvió el pelo y se apartó de la cama.

–Duerme bien, pequeño –le deseó Gabriel después de abrazarlo.

–¿Prometes venir por la mañana? –los ojos de Toby estaban ansiosos.

Gabriel dudó de que el pequeño hubiera oído el gemido de su madre, pero él sí lo había oído.

–Vendré por la mañana –le aseguró. Sin importar lo que hiciera falta, pretendía estar en la vida de Toby cada mañana.

–¿No te molesta que no quiera casarme contigo? –le preguntó ella cuando regresaron al salón.

Debería, y lo hacía, pero Gabriel sabía por la reacción anterior de Bella aquel mismo día que al menos en un plano sí deseaba estar con él...

No le cabía duda de que otros matrimonios habían empezado con menos.

—No especialmente —descartó con brevedad.

Ella lo miró furiosa unos momentos más antes de emitir un suspiro de derrota.

—De acuerdo, Gabriel, acepto casarme contigo...

—Pensé que lo harías —murmuró él al ir a sentarse en uno de los sillones.

—¿Me permites terminar? —enarcó unas cejas inexpresivas de pie en el otro extremo de la sala.

—Desde luego —se reclinó, relajado. Había ganado la primera batalla, y esperaba que la más difícil, de modo que podía permitirse ser elegante en la victoria.

—Gracias —reconoció con ironía—. Aceptaré casarme contigo —repitió antes de continuar con más firmeza—, pero sólo con algunas condiciones.

La estudió, y por la expresión de ella supo que esas condiciones no le iban a gustar.

—¿Cuáles?

—Primero, si nos casamos, me gustaría seguir viviendo en Inglaterra...

—Estoy seguro de que eso se puede arreglar.

Ya había considerado ese problema cuando decidió que el matrimonio con Isabella era la única solución para el bienestar de Toby. Sería sencillo poner a alguien a cargo de los viñedos de San Francisco, que visitaría de vez en cuando para comprobar que todo marchara bien.

—Los intereses comerciales de los Danti son internacionales, Isabella —le informó—. Yo me encargaré de dirigir la oficina de Londres. ¿Tu segunda condición...?

–Toby asistirá a colegios de mi elección...

–Siempre y cuando esa elección incluya Eton y luego Cambridge, no preveo que eso pueda representar un problema –indicó.

–¿Eton y Cambridge? –repitió ella con incredulidad.

–Los Danti llevan varias generaciones educándose en esas instituciones.

Bella movió la cabeza.

–Toby comenzará a asistir a la escuela local a principios de septiembre. Después, irá como alumno externo a otro colegio.

–Entonces –indicó Gabriel–, sugiero que nos aseguremos de que por entonces estemos viviendo en una casa lo bastante próxima a Eton como para que pueda estudiar allí como alumno externo.

Parecía tan condenadamente seguro que desataba su furia.

Como si no hubiera tenido ninguna duda de cuál sería la respuesta que recibiría a la proposición de matrimonio. ¿Proposición? Gabriel no pedía, ordenaba. ¡Era la arrogancia personificada!

Pero mientras Toby había disfrutado siendo el centro de atención de Cristo y Gabriel Danti, ella había dedicado el día a considerar sus opciones. Y no había tardado en percatarse de que se trataban de unas opciones muy limitadas.

Los Danti eran una familia rica y poderosa, tanto en los Estados Unidos como en Europa. ¿Qué posibilidades tendría de asegurarse de que Toby y ella salían ilesos de una batalla legal? La respuesta era muy clara. Ninguna.

Pero si se veía obligada a aceptar ese matrimonio, entonces estaba decidida a que su opinión contara en algo.

–Tercero –siguió–, el matrimonio sólo será nominal –lo miró desafiante y la sorprendió que él se pusiera de pie.

Gabriel movió lentamente la cabeza.

–Estoy seguro de que ya eres consciente de que eso será imposible.

¡Por la reacción mutua que habían mostrado antes!

Jamás respondía ante los hombres de ese modo desenfrenado y lascivo. Al menos... no lo había hecho jamás hasta que apareció Gabriel. Tanto cinco años atrás como ese día...

Razón por la que establecía esa última condición para el matrimonio. No imaginaba nada peor que convertirse en esclava del deseo que con tanta facilidad Gabriel parecía encender en ella.

Incluso en ese momento, sintiéndose enfadada y atrapada, seguía siendo totalmente consciente de él, de cómo le había quitado la camisa para poder tocar su torso cálido y musculoso. Por desgracia, aun recordaba con más nitidez el modo en que Gabriel la había tocado...

No quería ni podía dejar que las emociones dirigieran su vida, ¡que la gobernara el deseo que Gabriel despertaba en ella!

Irguió los hombros.

–Sin tu aceptación de esa última condición, ni siquiera tomaré en consideración la idea de que nos casemos.

Gabriel la observó y tuvo la certeza de que Bella pensaba en serio que creía en lo que decía. Pero después de cómo habían reaccionado el uno al otro, le costaba creerlo. O aceptarlo.

Ella había cobrado vida en sus brazos. Sin barreras ni contenciones. ¿Cómo podía imaginar que podrían vivir juntos un día tras otro, ¡una noche tras otra!, y no llevar ese deseo hasta las últimas consecuencias?

Apretó los labios.

—¿Deseas que Toby sea hijo único?

Se encogió de hombros.

—De todos modos, iba a serlo.

La estudió con atención.

—Eres una mujer hermosa, Isabella; si no hubiéramos vuelto a encontrarnos, sin duda algún día te habrías casado y habrías vuelto a tener hijos.

—No —respondió con certeza—. Hace tiempo que decidí que jamás sometería a Toby a un padrastro que podía o no aceptarlo como hijo propio —explicó ante un Gabriel ceñudo.

La simple idea de que Toby o Bella pertenecieran alguna vez a otro hombre lo llenó de una furia incontrolable. Toby era suyo. ¡Y Bella también!

Cerró las manos a los costados.

—Acepto tu última condición, Bella...

—Pensé que lo harías —repitió con tono seco las palabras que él había pronunciado antes.

—Como tú, Bella, no he terminado —replicó Gabriel—. Acepto tu última condición siempre que pueda quedar anulada por ti en cualquier momento.

Lo miró con suspicacia.

—¿Y eso qué significa exactamente?

Le dedicó una sonrisa burlona.

—Significa que me reservo el derecho a... persuadirte, digamos, de cambiar de idea.

¡Sabía que con ese comentario quería decir que se reservaba el derecho a tratar de seducirla para que cambiara de idea siempre que le apeteciera!

¿Podría resistirse a la tentación? Al vivir con Gabriel las veinticuatro horas del día, ¿sería capaz de no caer bajo el embrujo de su seducción?

¿Tenía alguna elección aparte de intentarlo?

—Antes me sorprendiste, Gabriel —afirmó con valor—. En el futuro estaré en guardia contra... bueno, contra cualquier intento tuyo de reanudar semejantes atenciones.

Sonó tan seria y tan firme en su resolución, que no pudo más que admirarla.

—No permitiré que haya ningún otro hombre en tu vida, Isabella —le advirtió con seriedad.

—¿Y esa regla también se aplica a ti? —soltó.

La miró divertido.

—Mis propios gustos no van en esa dirección en particular...

—¡Sabes muy bien a qué me refería! —exclamó exasperada.

Él se encogió de hombros.

—No habrá ninguna otra mujer en mi cama que no seas tú, Isabella.

—¡Yo tampoco estaré en tu cama!

Para Gabriel, el hecho de que ella no lo creyera no significaba que no fuera a ocurrir.

—Has puesto tus propias condiciones para nuestro matrimonio —le dijo—. Ahora quiero exponerte las mías.

—¿Tú también tienes condiciones? —inquirió desconcertada.

—Por supuesto —sonrió—. ¿Es que pensaste que iba a dejar que todo fuera como a ti te apetecía?

—¡Obligarme a casarme contigo no encaja en esa categoría! —desdeñó.

Él volvió a encogerse de hombros.

–Tienes elección, Isabella.

–¡No es viable!

–No –reconoció con sencillez–. No obstante, sigue siendo una elección.

Bella suspiró frustrada; sólo quería que esa conversación se acabara de una vez por todas. Estaba cansada, tanto emocional como físicamente, y necesitaba tiempo y espacio a solas para sentarse a lamerse las heridas. ¡Para reconciliarse con la idea de que iba a casarse con Gabriel Danti!

Qué diferente habría sido todo si hubiera ocurrido cinco años atrás. Qué distinta se habría sentido ella si la noche que pasaron juntos hubiera representado el comienzo de algo que hubiera terminado con Gabriel pidiéndole que se casara con él.

Pero la proposición de ese momento no era más que una transacción de negocios. Un matrimonio de conveniencia porque los dos deseaban asegurar que al menos la vida de Toby continuara con felicidad y armonía.

–¿Cuál es tu condición, Gabriel? –preguntó.

Caminó lentamente hacia ella y se detuvo a unos centímetros de distancia.

Bella clavó las uñas en las palmas de sus manos, completamente consciente del calor y de la fragancia que emanaban del cuerpo de él.

–¿Qué quieres? –espetó a la defensiva, recibiendo una sonrisa pausada y seductora–. Me refería a tu condición, Gabriel –se apresuró a explicar.

¡Por la mirada de él podía ver claramente qué era lo que quería!

–Ah, sí. Mi condición es que, con el fin de garantizar la armonía en nuestras dos familias, sugiero que todos crean que nuestro matrimonio es por amor.

La incredulidad la dejó boquiabierta.

–¿Quieres que finja que estoy enamorada de ti?

–Sólo en público –explicó.

Lo miró furiosa.

–¿Y en privado?

–Oh, por el momento me vale sólo con el deseo –repuso con suavidad.

–Arrogante hijo de...

–Insultar a mi madre no logrará nada salvo irritarme sobremanera, Isabella –le advirtió.

–Lo siento tanto –repuso con sarcasmo–. Mi intención era insultarte a ti, no a tu madre.

Gabriel se sentía excitado, no insultado. El matrimonio con Isabella prometía ser un festín para los sentidos.

Sonrió.

–No me siento insultado –le aseguró con voz ronca– Intrigado, tal vez, pero no insultado.

–Es una pena.

La sonrisa de él se amplió.

–¿Aceptas mi condición, entonces?

–Te aseguro que no deseo preocupar a mis padres y hermanos sobre la elección que estoy realizando más que tú a tu padre.

–¿Y entonces...?

–Entonces –concedió a regañadientes–, en público intentaré asegurarme de que parezca que nuestro matrimonio es algo que yo quiero.

–Bien –dijo él satisfecho al alzar la mano y posarla en la delicada curva de la mandíbula de Bella, sintiendo cómo ella se ponía tensa ante ese ligero contacto antes de apartarse–. Ni tu familia ni la mía quedarán convencidas de nuestro... amor mutuo si reaccionas de esa manera cuando te toco –gruñó con desaprobación al bajar la mano al costado.

Ella bufó.

–¡Te prometo que trataré de hacerlo mejor cuando estemos en público!

–Con intentarlo no basta –indicó Gabriel con frialdad.

–Es la única respuesta que puedo darte ahora –le dijo cansada.

Gabriel la estudió y pudo percibir el aire de derrota que ella ya no intentaba ocultarle.

Sí, había ganado la batalla al forzar la aceptación de Isabella en la cuestión del matrimonio y en reclamar a Toby como su hijo.

Pero sintió poco triunfo en esa victoria al sentir que, con ella, podía haber puesto en peligro el éxito de toda la guerra que libraban.

Capítulo 7

ERES una novia deslumbrante, Bella! –Claudia sonrió emocionada mientras le daba los últimos retoques al velo antes de retroceder para admirar el aspecto de su hermana.

Esta sólo podía contemplar embotada su reflejo, enfundado en un hermoso vestido de novia de satén blanco y un precioso velo de encaje, en el espejo de cuerpo entero en la puerta del armario del dormitorio que había sido suyo de niña.

¿Quién habría podido imaginar que apenas cinco semanas después de aceptar la proposición de matrimonio de Gabriel, se estaría preparando para ir a la iglesia con su padre a fin de convertirse en la esposa de Gabriel?

La esposa de Gabriel Danti.

¡Dios mío!

–¿Es que tienes alguna duda acerca de casarte con un hombre tan magnífico como Gabriel, Bella? –bromeó Claudia ante su evidente nerviosismo.

–No, no puedo, ¿verdad? –convino con forzada ligereza–. ¿Quieres ir a decirle a papá que ya estoy lista para marcharnos? –pidió, esperando que su hermana saliera de la habitación para volver a mirarse en el espejo.

¿Qué sentido tenía arrepentirse de casarse con Gabriel cuando este ya había reclamado legalmente a

Toby como hijo suyo? Toby Scott en ese momento era Tobias Danti.

Como ella misma no tardaría en convertirse en Isabella Danti.

Incluso ese nombre le sonaba extraño, ajeno. Lo cual describía bien cómo se había sentido ella misma durante las últimas cinco semanas.

La mujer reflejada en el espejo desde luego se parecía a ella, pero no sentía ningún júbilo ante la idea de convertirse en la esposa de Gabriel.

Hacía cinco semanas que habían compartido la noticia de su compromiso con sus entusiasmadas familias. Luego Toby y ella se habían quedado en San Francisco dos días más para darle a Gabriel tiempo de arreglar las cosas antes de volar a Inglaterra con ellos.

Desde entonces, él se había quedado en la casa de Surrey donde Bella lo vio por primera vez, pero iba todos los días a su casa con el fin de pasar tiempo con Toby.

Cuando se hallaban en presencia de alguna de las dos familias, daban la impresión, tal como habían acordado, de sentirse muy felices juntos.

Algo complicado por parte de Bella, ya que cuanto más tiempo permanecía con él, se volvía más consciente de su presencia física. Y pensar que había dicho que sólo sería un matrimonio nominal...

Atribulada pensó que era el día de su boda y que no podía sentirse más desdichada.

—¿Adónde vamos?

—A nuestra luna de miel, por supuesto —contestó él con satisfacción mientras conducía el deportivo negro hasta la pista privada donde el jet de los Danti los esperaba después de que los invitados les ofrecieran una cálida despedida.

–¿Qué luna de miel? –giró en el asiento para mirarlo ceñuda; aún llevaba el vestido de novia y el velo–. ¡En ningún momento en las últimas cinco semanas hablamos sobre irnos de luna de miel!

–No lo hablamos porque de haberlo hecho sabía que esta sería tu reacción –le confesó impertérrito.

La frustró su despotismo.

–Si lo sabías entonces, ¿por qué...?

–Se suponía que iba a ser una sorpresa –gruñó él.

–Desde luego lo ha sido.

–Es la sorpresa de Toby, Bella –explicó Gabriel.

–¿De Toby? –lo miró fijamente.

Él asintió.

–Nuestro hijo me confesó hace varias semanas que las personas recién casadas se van de luna de miel después de la boda.

Se le encendieron las mejillas.

–Deberías haberle explicado...

–¿Qué es exactamente lo que debería haberle explicado, Isabella? –cortó con aspereza–. ¿Que aunque sus padres ahora están casados, no están enamorados? ¿Que su madre no tiene ningún deseo de pasar tiempo a solas con su padre?

Bella hizo una mueca para sus adentros. Cuando lo ponía de esa manera...

Habían pasado las últimas semanas, por separado y juntos, convenciendo a Toby de que iban a ser felices como una familia de verdad. Habían tenido éxito en lo referente al pequeño, razón por la que este había decidido que el que sus padres se fueran de luna de miel era lo que hacían las «familias de verdad»...

–No tengo más ropa conmigo...

–Claudia fue lo bastante amable como para prepararte una maleta –explicó él–. Está en el coche con la mía. Toby también arregló las cosas para quedarse con tus padres durante la semana que estemos fuera –añadió–. Mi padre se quedará en Inglaterra y los visitará a menudo.

–Desde luego ha estado ocupado, ¿verdad? –suspiró, se quitó el velo con cuidado y lo metió en la parte de atrás del coche–. Así está mejor.

Había sido el día más difícil de su vida. Empezando con la conversación que su padre había insistido en mantener con ella a primera hora de la mañana...

Al bajar a las seis y media, lo había encontrado solo en la cocina tomando un café. Mantuvo una conversación ligera mientras ella se preparaba otro café. Pero en cuanto se sentó a la mesa con él, todo cambió.

Con gentileza había expuesto las preocupación que sentían su madre y él acerca de la precipitación de la boda con Gabriel. ¿Hacía lo correcto y estaba segura de que era lo que realmente quería? No había duda sobre lo que sentía Toby, pero, ¿iba a ser feliz ella?

Mentirle a su padre había sido probablemente lo más duro que había hecho jamás.

Incluso al recordarlo sentía que se le humedecían los ojos.

–Y bien, ¿adónde has decidido que vamos a ir de luna de miel? –preguntó para distraerse.

Gabriel apretó los labios al oír el tono de fatiga de Bella, que no hizo esfuerzo alguno en ocultar que ese día había sido una prueba dura que había tenido que pasar.

Le había parecido asombrosamente hermosa al avanzar por el pasillo hacia él, una visión en satén blanco y encaje.

Pero ella había evitado mirarlo. La voz le había temblado por la incertidumbre al pronunciar los votos, al igual que la mano al permitir que él le introdujera la alianza en el dedo. Cuando la besó para sellar dichos votos, su boca había permanecido rígida e indiferente, aunque había realizado el esfuerzo de sonreírle a los invitados mientras avanzaban por el pasillo, ya como marido y mujer.

—Vamos a ir a tu isla en el Caribe —le informó él.

—¿No quieres decir tu isla en el Caribe? —corrigió Bella.

—No, hablo de la tuya —corroboró Gabriel—. Es mi regalo de boda —no había querido decírselo de esa manera; había pretendido que fuera una sorpresa en cuanto llegaran allí. Y lo habría hecho de no sentirse tan frustrado con el comportamiento tan distante de ella.

Bella se quedó aturdida e incrédula. ¿Gabriel le daba una isla entera en el Caribe como regalo de boda?

Él sonrió con ironía al captar su expresión.

—No te preocupes, Isabella. No es más que una isla pequeña.

—¿Incluso una isla pequeña no es exagerado cuando yo sólo te compré unos gemelos? —preguntó ceñuda.

Y lo había hecho en el último momento porque Claudia, su dama de honor, le dijo que debía hacerlo; hasta entonces, no se le había pasado por la cabeza regalarle algo por la boda. ¿Qué podía darle a un hombre que lo tenía todo?

Aunque en la iglesia había notado que había lucido los gemelos de diamantes y ónice en los puños de su impecable camisa.

—Me has dado mucho más que eso, Isabella —le aseguró con voz ronca.

Lo miró con suspicacia, pero su expresión no le reveló nada.

—No sé a qué te refieres —murmuró con incertidumbre.

—Hablo de Toby, Isabella. Me has dado un hijo —explicó.

Un hombre que lo tenía todo... excepto eso...

Lo miró. Parecía tan tenso como ella se sentía, con arrugas en los ojos y la expresión sombría en la boca; su piel estaba algo pálida bajo el tono naturalmente cetrino.

Qué distinto habría podido ser todo si cinco años antes Gabriel no hubiera estado enamorado de otra mujer. Qué diferente habría podido ser ese día si se hubieran casado porque estaban enamorados.

Pero eran dos extraños que se habían casado para proteger y mantener la felicidad de su hijo.

Tragó saliva.

—Si no te importa, creo que me gustaría estar aquí sentada y en silencio un rato —cerró los ojos.

A Gabriel le importaba. Si Bella creía que las últimas cinco semanas habían sido menos estresantes para él, se equivocaba.

Tal como habían pactado, estando con gente ella había logrado mantener un aire de felicidad serena, pero en cuanto se quedaban solos, todo había sido distinto. Había mostrado una absoluta falta de interés siempre que había tratado de hablar con ella de los planes para la boda. Se había mostrado poco comuni-

cativa los tres domingos por la mañana que habían
asistido juntos a la iglesia con el fin de oír la lectura
de sus amonestaciones.

Y lo peor de todo, cuando se quedaban solos, había evitado hasta tocarlo...

Si Bella deseaba castigarlo por obligarla a casarse, entonces no habría podido encontrar mejor
manera de hacerlo que con ese silencio gélido y la
evidente aversión que mostraba al más leve contacto.

El jet de los Danti era lo máximo en lujo. Sólo tenía seis asientos extremadamente confortables en la
cabina principal amplia y alfombrada, con un bar en
el extremo donde se hallaba la cabina del piloto y
una puerta que daba a un compartimento privado en
el otro extremo.

Gabriel le había dado instrucciones al capitán de
despegar en cuando ellos y el equipaje estuvieran a
bordo. Un auxiliar de vuelo había depositado dos copas altas de champán delante de ellos, para luego ser-
vir el líquido burbujeante y dejar la botella en una
cubitera con hielo junto a Gabriel antes de desaparecer en la cocina que había detrás del bar y cerrar la
puerta con discreción a su espalda.

Bella se había impuesto no mirar la copa, ya que
le recordaba con demasiada intensidad aquella noche
pasada con Gabriel cinco año atrás. ¡Lo último que
necesitaba rememorar en ese momento!

—Tu padre y tú desde luego sabéis viajar con estilo —comentó con ligereza.

Él asintió.

—Como haréis Toby y tú ahora que sois Danti.

El recordatorio del cambio experimentado le atenazó las entrañas

Isabella Danti. Esposa de Gabriel.

—Sin duda Toby se quedará impresionado —repuso.

—¿Pero tú no?

Se sentía más nerviosa que impresionada. Nerviosa por estar realmente a solas con Gabriel por primera vez en cinco años, aterrada por pasar una semana con él en una isla del Caribe.

Movió la cabeza.

—No soy una niña de cuatro años, Gabriel.

—No, no lo eres.

Tuvo que girar la cabeza para quebrar el contacto con esa mirada tan intensa antes de poder ponerse de pie con brusquedad.

—Creo... Creo que me gustaría ir a la otra sala para quitarme el vestido de novia.

—Una idea excelente, Isabella —murmuró él.

Frunció el ceño al ver que también se ponía lentamente de pie; su estatura y la anchura de sus hombros dominaron en el acto la cabina.

—Creo que soy bastante capaz de cambiarme sola, gracias —manifestó con voz aguda.

Gabriel inclinó la cabeza con gesto burlón.

—Pensé que podrías necesitar algo de ayuda con la cremallera de la espalda.

Bella se dio cuenta de que no andaba descaminado. Antes no había sido consciente de ese obstáculo porque Claudia la había ayudado a vestirse, pero en ese momento no se sentía cómoda con la idea de que Gabriel la ayudara a desvestirse...

¿Cómoda? ¡La idea de que él la tocara era suficiente para terminar de destrozarle los nervios!

Se dijo que nunca más iba a ponerse ese vestido. Entonces, ¿qué problema había si le arrancaba las mangas?

—Estoy segura de que me las podré arreglar, gracias —repuso con voz distante mientras se daba la vuelta.

—Yo también necesito cambiarme —insistió Gabriel al llegar a la puerta del compartimento posterior antes que ella y abrírsela.

Bella lo miró insegura, sabiendo por el desafío que irradiaban sus ojos que él esperaba continuar discutiendo con ella. Experimentó el deseo perverso de no brindarle esa satisfacción.

—Bien —aceptó con ligereza y pasó ante él para entrar en la cabina contigua.

Y se detuvo en seco al encontrarse no en otra sala como había supuesto, sino en una habitación cuyo centro estaba dominado por una cama enorme.

Los ojos de Gabriel brillaron divertidos al ver la expresión aturdida de Bella al ver la lujosa habitación, los vestidores, la alfombra mullida y las sábanas de seda de color dorado que cubrían la cama, con varios cojines de similar tapizado sobre las almohadas mullidas.

Por desgracia, no permaneció aturdida mucho tiempo antes de girar y mirarlo con expresión acusadora.

—¡Espero que no albergues ninguna idea acerca de añadir mi nombre a la lista de mujeres que has seducido aquí! —espetó.

El humor de Gabriel se evaporó al oír el insulto deliberado.

—Tienes la lengua de una víbora.

Bella enarcó las cejas divertida.

—Es un poco tarde para arrepentirse, ¿no crees, Gabriel? Espero que no hayas olvidado que nos hemos casado hoy.

—Oh, lo recuerdo, Isabella —remarcó—. ¡Quizá es hora de que yo te lo recuerde! —cerró la puerta con suavidad.

Ella dio un paso atrás al saber cuál era su intención.

—Hablaba en serio, Gabriel... ¡no pienso convertirme en otra muesca en el poste de tu cama!

Él avanzó un paso con la mandíbula apretada.

—¡Yo también hablé en serio hace cinco semanas acerca del derecho que tenías de cambiar de parecer en que nuestro matrimonio fuera sólo nominal!

La alarma hizo que Bella abriera mucho los ojos.

—¡Aquí no!

—Donde quieras y cuando quieras —prometió.

Se alejó de él.

—Te he dicho que no me convertiré en otra mues...

—Si vuelves a mirar la cama, Isabella, verás que no tiene ningún poste —expuso con peligrosa suavidad—. Y nos encontramos a unos cinco mil metros de altura.

—A tu club de los cinco mil metros, entonces —persistió, plantándole cara con valentía y afanándose en ocultar el nerviosismo que sentía.

Algo que no escapó a la mirada penetrante de Gabriel.

Avanzó otro paso y se detuvo a unos centímetros de Bella, de esos labios trémulos.

Unos labios carnosos, levemente entreabiertos, que representaban una tentación, como la punta de la lengua que Bella sacó para humedecérselos.

¡Una invitación que no tenía ninguna intención de declinar!

—Date la vuelta, Isabella, para que pueda bajarte la cremallera del vestido —sugirió con voz ronca.

Ella tragó saliva.

—Yo no... —calló con un jadeo cuando Gabriel soslayó su protesta y se situó detrás de ella. Sintió el contacto de sus dedos mientras comenzaba a bajarle lentamente la cremallera.

Arqueó la espalda involuntariamente al sentir un estremecimiento por todo su cuerpo a medida que la cremallera bajaba por su espalda, y contuvo el aliento cuando Gabriel le separó el vestido de satén y le acarició el hombro desnudo con los labios.

Al instante sintió un deseo ardiente por todo el cuerpo cuando la lengua húmeda sobre su piel encendida no dejó de lamerla y probarla.

A pesar de lo mucho que lo negaba y se oponía, sabía que deseaba a Gabriel.

Apasionadamente.

Llevaba cinco semanas luchando contra ese deseo y esa necesidad, temerosa incluso de tocarlo por si perdía el control. Con el resultado de que cada minuto pasado con él había sido una tortura.

¡Y la fachada gélida que proyectaba para defenderse de esa pasión se había derretido con la fuerza de una avalancha en el momento en que su boca le había tocado la piel desnuda!

Echó el cuello para atrás y apoyó la cabeza sobre el hombro de Gabriel mientras él introducía las manos en el vestido y las subía para coronarle los pechos; con las suyas propias encima se las apretó más, anhelando esas caricias.

Gritó cuando el deseo se liberó de entre sus muslos en el momento en que los dedos pulgares de Gabriel jugaron con sus pezones, el cuerpo tenso por la expectación, incapaz de respirar mientras aguardaba la segunda caricia; casi sollozó cuando los labios de él se movieron sobre su garganta y tomaron esas cumbres inflamadas entre los dedos y las apretaron de forma rítmica.

–¿Gabriel? –gimió al tiempo que movía el trasero contra la dureza de su erección–. ¡Gabriel, por favor...!

–Aún no, Bella –negó él con voz ronca aunque su propio cuerpo palpitaba con la misma necesidad de liberación.

Les esperaban horas y horas de vuelo para llegar a la isla, y antes de que eso sucediera, tenía la intención de descubrir y satisfacer todas las fantasías de Bella, tal como esperaba que ella satisficiera las suyas.

¡Quitarle el vestido nupcial de satén sólo era la primera de las fantasías que lo había mantenido despierto noche tras noche durante las últimas cinco semanas!

Se lo deslizó lentamente por los hombros y los brazos antes de desnudarla hasta la cintura y luego dejar que cayera y se desplegara sobre el suelo alrededor de sus pies.

Bella tenía los ojos cerrados y Gabriel observó lo hermosa que estaba sólo con unas braguitas blancas de encaje y medias del mismo color.

Mostraba los labios levemente entreabiertos y húmedos cuando la rodeó con los brazos y volvió a coronarle los pechos antes de acariciarle con los dedos pulgares los pezones de un intenso color rosado.

–¡Sí! –exclamó ella–. Oh, Dios, sí, Gabriel...

La pegó contra él. Le recorrió libre y eróticamente la garganta con los labios y terminó mordisqueándole el lóbulo de una oreja mientras una mano seguía jugando con un pezón perfecto y la otra bajaba.

La piel de Bella era como terciopelo bajo sus dedos abiertos sobre la cintura y la cadera.

Sin dejar de mordisquearle la oreja, bajó la vista hasta donde los dedos buscaban debajo de la seda de las braguitas los rizos oscuros que percibía con claridad a través de la tela tenue, le separaban esos rizos y buscaban el capullo sensible que anidaba allí. Al encontrarlo, comenzó a acariciarlo.

Estaba ardiente y mojada, los pliegues delicados inflamados por la necesidad, una necesidad que Gabriel pretendía aumentar hasta que Bella gritara y le suplicara que le proporcionara el orgasmo que su cuerpo anhelaba.

Al sentir el roce de esos dedos, ella gimió y separó las piernas para permitirle mayor acceso, una invitación que él aceptó al introducir un dedo largo dentro de Bella, seguido de otro mientras con el pulgar continuaba acariciando el clítoris y con la otra mano le masajeaba el pecho al mismo y devastador ritmo.

Una y otra vez.

Con las caricias más intensas, profundas y rápidas.

El calor se elevó de forma insoportable a medida que Bella movía las caderas al encuentro de las embestidas del dedo de Gabriel dentro de ella.

—¡Por favor, no pares! —jadeó sin aliento—. ¡Por favor, no pares!

—Déjate llevar, Bella! —musitó sobre su garganta—. ¡Entrégate, *cara*!

—Sí... —aceptó entrecortadamente—. ¡Oh, sí! ¡Oh, Dios, sí...! —se retorció contra la mano de Gabriel a media que su orgasmo se descontrolaba y la recorría una oleada tras otras de un placer demoledor.

Él la mantuvo cautiva mientras continuaba dándole placer con los dedos y Bella experimentaba un orgasmo tras otro, con el cuerpo una masa trémula bajo el más ligero contacto de Gabriel.

–¡Basta! –sollozó al final al derrumbarse exangüe en sus brazos.

Capítulo 8

BELLA despertó lentamente, algo desorientada mientras miraba en torno del cuarto desconocido.

Y entonces recordó.

No sólo dónde se encontraba, sino todo lo que había pasado desde que entrara en ese dormitorio.

Giró la cabeza en la almohada, y la protesta de su cuerpo al acurrucarse en una posición fetal le recordó con claridad el modo en que Gabriel la había acariciado y tocado.

Su determinación de que fuera únicamente un matrimonio nominal había tardado poco en volar por los aires...

¡Ni siquiera habían abandonado el espacio aéreo británico antes de sucumbir a sus caricias!

Era...

Miró hacia la puerta al oír cómo se abría suavemente y su expresión se tornó defensiva al ver a Gabriel de pie en el umbral.

El polo de color crema y los vaqueros que lucía demostraban que se había quedado en el dormitorio el tiempo suficiente para cambiarse después de que ella... ¿Después de que ella qué? ¿Se derrumbara por el éxtasis que le había proporcionado una y otra vez hasta que, sencillamente, ya no pudo recibir más?

¡Oh, Dios...!

Apretó los labios.

–Si has venido a regodearte...

–He venido para ver si ya habías despertado –la corrigió con frialdad–. Aterrizaremos en breve y antes necesitas tiempo para vestirte.

Lo cual le recordó que, aparte de las braguitas y las medias, estaba completamente desnuda bajo la sábana.

También que así como ella se había quedado casi desnuda, Gabriel había permanecido vestido durante todo su anterior... ¿Anterior qué? ¿Encuentro sexual?

¿No sonaba horrible?

–Gracias –aceptó con cortesía indiferente.

Él la miró ceñudo unos momentos. Conociéndola como la conocía, no había esperado que cayera perdidamente enamorada en sus brazos al despertar, pero esa frialdad y la acusación de que se había presentado para regodearse por la anterior rendición resultaban imperdonables.

Con expresión sombría, cruzó el dormitorio en tres zancadas, se plantó junto a la cama y la miró.

–No es conmigo con quien estás enfadada, Isabella...

–No presumas de poder decirme lo que siento –soltó resentida, mirándolo con ojos centelleantes.

Gabriel se sentó en la cama y la atrapó bajo la sábana al apoyar una mano a cada lado de ella para inclinarse.

–Somos marido y mujer, Isabella; no existe ningún motivo para que te sientas avergonzada por lo que sucedió antes entre nosotros...

–No estoy avergonzada, Gabriel... estoy disgustada. ¡Tanto conmigo misma como contigo! –añadió con expresión de desafío al tiempo que lo miraba directamente a los ojos.

Él sabía que, como la tocara en ese momento, incluso enfadado, no sería capaz de contenerse de hacer el amor con ella.

Con sólo mirarla, tuvo que moverse incómodo, ya que sintió que se excitaba. Su falta de liberación antes se había convertido en un palpitar doloroso del que había sido plenamente consciente mientras Bella dormía.

Se puso de pie de golpe para establecer cierta distancia entre ambos antes de volver a hablar, pero ella se adelantó.

–No cuentes con una repetición, Gabriel –espetó.

En lo concerniente a Bella, Gabriel no daba nada por hecho. Ni una sola cosa.

–Aterrizaremos en diez minutos, Isabella, así que te sugiero que antes de hacerlo, te vistas –dijo con sequedad.

Mantuvo la sábana contra su pecho al sentarse; el cabello le cayó sedosamente sobre los hombros.

–Pensé que habías dijo que era una pequeña isla caribeña.

–Lo es –confirmó él–. Completaremos el resto del viaje en helicóptero.

Bella no había subido nunca a un helicóptero y no estaba segura de cómo respondería en un aparato tan pequeño.

¡Se sintió incluso más incómoda al enterarse de que era Gabriel quien pretendía pilotarlo!

Lo miró dubitativa cuando ocupó el asiento a su lado después de guardar las maletas en la parte de atrás.

–¿Estás seguro de que sabes llevar una de estas cosas?

–Muy seguro –corroboró–. Isabella, te garantizo que estarás perfectamente a salvo en mis manos –añadió burlonamente ante la persistente duda de ella.

Bella lo observó con ojos entrecerrados antes de girar la cabeza para mirar por la ventanilla el sol brillante que se reflejaba en el océano verde azulado más allá de una playa de arena blanca oro.

Una pose relajada que sólo duró lo que Gabriel tardó en arrancar y mover los controles para elevar el helicóptero del suelo.

Cuando el aparato osciló en el aire, se aferró al brazo de él.

–¡Creo que voy a vomitar! –gritó.

–No vomitarás si posas la vista en el mar y no en el suelo –instruyó Gabriel.

Era fácil decirlo, pero su estómago siguió agitándose en señal de protesta durante varios minutos interminables, y sólo se asentó ligeramente cuando el helicóptero se estabilizó y al fin pudo apreciar la belleza del paisaje.

El mar era tan azul y claro que pudo ver el fondo arenoso en varios sitios, incluso más cuando comenzaron a aproximarse a una isla pequeña rodeada de unas playas inmaculadas y hermosas y con un follaje verde y exuberante y muchos árboles.

Gabriel sobrevoló la playa y Bella observó asombrada que se dirigía a una villa blanca en lo alto de una loma situada un poco tierra adentro y rodeada por más árboles y enormes flores de colores.

–La casa –indicó él ante la mirada de curiosidad de ella mientras descendía el aparato en una zona verde y llana adyacente a la villa–. ¿Qué esperabas, Bella? –en cuanto aterrizaron se volvió hacia ella–.

¿Pensabas que te traía a un cobertizo en mitad de ninguna parte?

La verdad era que no había pensado demasiado en dónde se alojarían una vez que llegaran a la isla. El hecho de que Gabriel le hubiera regalado una isla ya le había parecido demasiado fantástico.

–Es un poco primitiva en el sentido de que no hay criados que nos sirvan –advirtió él.

Bella sonrió con ironía.

–No echaré en falta lo que nunca he tenido.

–La isla antes era de un francés que hizo construir la villa hace varios años –le contó mientras bajaba del helicóptero–. Desde luego, si quieres cambiar la decoración, debes hacerlo.

–Es hermosa como está –murmuró ella al quitarse las gafas de sol y seguirlo a la casa.

Los suelos eran de mármol de color crema y terracota, el mobiliario de tonos crema del salón era mínimo, con varias mesas con encimeras de cristal situadas convenientemente junto a los sillones y el sofá. La cocina resultó incluso más sorprendente, con todo blanco, incluido el fogón, la nevera y el congelador.

–Tenemos nuestro propio generador y suministro de agua potable –le explicó Gabriel mientras ella recorría despacio la estancia–. O, más bien, tú tienes tu propio generador y suministro de agua potable –corrigió con ironía.

Bella parpadeó, totalmente abrumada una vez que ya se encontraba en la isla.

–¿De verdad todo esto es mío?

Gabriel asintió.

–¿Te gusta? –su expresión no mostraba nada.

–¡Me encanta! –le aseguró con vehemencia–. Yo... ¡Gracias, Gabriel! –añadió casi sin aliento–.

¿Cómo diablos trajeron todo? Los materiales para construir la villa, los muebles –preguntó.

Él se encogió de hombros.

–Del mismo modo en que llegó la comida que hay en la nevera y el congelador –abrió la puerta de la nevera para mostrarle los alimentos allí guardados–. Por barco –aportó divertido al ver la expresión aún desconcertada de ella.

Bella entrecerró los ojos.

–¿Me estás diciendo que no tenía por qué haber sufrido el viaje en helicóptero? ¿Que podríamos haber venido en barco?

Gabriel contuvo una sonrisa ante la leve indignación de ella.

–Pensé que sería más... impresionante... llegar en helicóptero –reconoció.

–Oh, eso pensaste, ¿no...? –musitó, dejando el bolso en una de las encimeras.

–Sí –reconoció Gabriel con cautela, incapaz de analizar el estado de ánimo de Bella mientras ella iba a abrir la nevera y sacaba una cubitera antes de dirigirse al fregadero–. Claro, debes tener sed –supuso–. Hay una selección de bebidas en... ¿Qué haces? – frunció el ceño al verla ir hacia él con un puñado de cubitos que le introdujo debajo del polo–. ¡Bella! – protestó al primer contacto incómodo de los cubitos helados contra el calor de su piel.

–Pensé que se te veía algo acalorado, Gabriel –se mofó cuando él retrocedió para quitarse los cubitos, varios de los cuales cayeron sobre el suelo de mármol.

–Maldita sea, Bella... –calló cuando ella se puso a reír.

Se dio cuenta de que era la primera vez que la oía

reír sin cinismo o sarcasmo desde que habían vuelto a verse hacía cinco semanas.

La miró fijamente, cautivado por esos hermosos ojos violetas que brillaban de buen humor.

¡Era la mujer más bella que jamás había conocido!

–Quizá me lo merecía –admitió a regañadientes.

–Quizá sí –confirmó ella en absoluto arrepentida–. La próxima vez vendremos en barco, ¿de acuerdo? –dijo al recoger los cubitos del suelo.

Gabriel permaneció en silencio al agacharse para ayudarla, renuente a romper la súbita tregua con algún comentario que a ella pudiera no gustarle y por el momento satisfecho de que fuera a haber una próxima vez...

–¿Qué haces, Gabriel?

Él tiró el cigarrillo al suelo y lo apagó con la suela del zapato antes de girar despacio para observar a Bella a la luz de la luna.

La tregua había continuado mientras paseaban por la playa y durante la cena que habían preparado juntos y tomado en la terraza que daba al océano. Habían regresado fuera después de recoger la mesa. En un silencio agradable y relajado, se habían terminado la botella de vino tinto que Gabriel había abierto para acompañar la cena.

Bella se había excusado hacía una media hora para ir al dormitorio principal a preparar la cama, pero él había elegido quedarse fuera un rato más, reacio todavía a decir o hacer algo que pudiera romper la ilusión de camaradería que habían encontrado desde el incidente de los cubitos.

Iban a quedarse en la isla una semana, y preferiría que no dedicaran todo el tiempo a pelearse.

Mirándola en ese momento, con un camisón de un lila pálido, la tela sedosa ciñéndose a sus pechos y moldeando la gentil curva de sus caderas, supo que quería quitarle incluso ese atuendo antes de hacerle el amor.

Algo que, después de los comentarios en el avión, sin duda quebraría la ilusión de camaradería que habían compartido hasta el momento.

Metió las manos en los bolsillos de los pantalones negros que se había puesto para cenar.

—Pensé que preferirías disfrutar de intimidad después de un día tan largo y agotador.

Bella lo estudió, pero fue incapaz de leer su estado de ánimo.

—¿No vas a venir a la cama? —preguntó al final con cierta inseguridad.

—Luego, tal vez —repuso—. Todavía no estoy cansado.

Bella no había tenido precisamente en mente la idea de dormir al formularle la pregunta.

Mientras paseaba con Gabriel descalza por la playa, había descubierto que la isla era hermosa y completamente virgen.

Todo, desde el paisaje, el agua al romper sobre sus pies o la brisa cálida, se había sumado a la atmósfera de seducción de la noche, a la percepción oculta incluso en la mínima mirada que compartían.

Al menos eso era lo que había pensado.

La renuencia que Gabriel mostraba en ese momento en ir a la cama parecía dar a entender que sólo ella había sentido esa palpitante percepción.

Porque cuando antes le había hecho el amor,

¿únicamente había sido un modo de demostrarle que realmente podía hacérselo donde y cuando le viniera en gana, tal como le había expuesto de forma tan cruda, y una vez que lo había dejado claro, ya no sentía la urgencia de repetir la experiencia?

Qué ridícula había sido al imaginar que como no habían discutido en las últimas horas, habrían podido alcanzar una especie de comprensión en su relación. Gabriel jamás había mantenido en secreto el motivo por el que se casaba con ella: Toby.

Sintió que el rubor de la humillación le quemaba las mejillas.

—Tienes razón, prefiero intimidad —afirmó—. Por ello, sería mejor si usaras uno de los otros dormitorios y te mantuvieras alejado del mío durante nuestra estancia aquí.

Gabriel entrecerró los ojos y observó su pose desafiante.

—¡No te acerques! —le advirtió al ver que daba un paso hacia ella.

Advertencia que eligió soslayar al plantarse a centímetros de Bella con las manos cerradas a los costados.

Ella sintió que su propia furia comenzaba a desvanecerse al quedar fascinada por el nervio que palpitaba junto a la cicatriz lívida en la tensa mejilla izquierda de Gabriel.

Estaba tan atractivo con el pelo largo y revuelto sobre los hombros, la camisa de seda negra y los pantalones a medida... hasta los ojos daban la impresión de centellear negros a la luz de la luna.

Bella jamás había conocido a un hombre con la gracilidad y apostura de Gabriel. Nunca había tenido una percepción física tan profunda de otro hombre que no fuera él. Jamás había deseado a otro como constantemente parecía desear a Gabriel.

¡Qué Dios la ayudara, pero incluso lo deseaba en ese momento...!

Tragó saliva.

—Tienes razón, Gabriel, ha sido un día largo y agotador. Demasiado para mantener esta conversación —comentó—. Yo... te deseo que pases una buena noche.

Él esbozó una sonrisa desdeñosa.

—¡Dudo mucho que lo sea!

Ella movió la cabeza.

—De verdad debemos encontrar un modo de dejar de insultarnos, Gabriel.

—La única vez que lo conseguimos es cuando hacemos el amor, pero... —se encogió de hombros—. Buenas noches, Isabella. Intentaré no despertarte cuando vaya a la cama.

Ceñuda, ella dio media vuelta y se dirigió despacio al interior, demasiado agotada para luchar contra él acerca de la distribución de las habitaciones. Y más cuando Gabriel había dejado bien claro que perdería.

Dudaba mucho que pudiera llegar a quedarse dormida sabiendo que en cualquier momento él se presentaría para compartir la que en ese momento era la cama de ambos.

Dudaba mucho que pudiera llegar a dormir con él a su lado...

Capítulo 9

S ABES bucear, Isabella?
No —alzó la vista de la tostada que comía mientras desayunaban en la terraza—. ¿Tú?

Como bien había adivinado, no había sido una noche apacible, y aún seguía despierta, fingiendo que no lo estaba, cuando media hora más tarde Gabriel se reunió con ella en el dormitorio. Que él se quedara dormido a los cinco minutos de haber apoyado la cabeza en la almohada no había cambiado en nada la tensión que sentía, y había permanecido horas despierta, incluso después de que la respiración acompasada de él le indicara que seguía profundamente dormido a su lado.

El único consuelo que tuvo fue que Gabriel ya estuviera levantado y preparando el desayuno cuando ella despertó poco después de las nueve de la mañana. Pero aún sentía los ojos arenosos por la falta de sueño y lo único que deseaba de verdad era volver a la cama.

—Si no supiera, no te lo habría preguntado —señaló él antes de beber un sorbo de café—. ¿Te gustaría aprender?

Llevaba una camisa de mangas cortas y pantalón blancos y parece mucho más relajado que lo que tenía derecho a estar.

—Supongo que podría probar —acordó irritada—.

Siempre y cuando no seas uno de esos profesores que se enfada con sus alumnos.

–No me cabe duda de que serás una pupila muy atenta, Isabella –bromeó él, reconociendo por sus ojos y su cara en general que no había dormido bien.

Cuando la noche anterior se acostó a su lado, había sabido que seguía despierta, ofreciéndole con firmeza la espalda en su afán por aparentar estar dormida. Un engaño que le había permitido mantener; por el momento era suficiente que aceptara que iban a compartir una cama en el futuro.

Lo miró fijamente.

–¡Espero sinceramente que te refieras al buceo!

–¿A qué otra cosa podía ser? –la provocó.

Siguió observándolo con suspicacia durante varios segundos, y luego se encogió de hombros.

–¿Por qué no? Es evidente que no tengo nada más que hacer hoy –se puso de pie de golpe.

Gabriel la miró con curiosidad.

–¿Tal vez habrías preferido ir a un lugar algo más... divertido... en nuestra luna de miel?

Le lanzó una mirada agria.

–Oh, yo creo que esto es bastante divertido, ¿tú no?

Él rio suavemente.

–Esperemos que sí.

Bella se negó a aceptar el desafío de su mirada.

–Iré a cambiarme.

Aunque no estuvo muy segura de ello en cuanto vio las piezas diminutas que Claudia, evidentemente al tanto del secreto de la luna de miel, le había guardado en la maleta.

Había dos biquinis. Uno negro que consistía de dos piezas exiguas de tela que apenas le cubrían algo, y uno rosa, que sí tenía más tela en la mitad inferior, aunque por desgracia el sujetador era de un escote profundo, lo que significaba que en cuanto se lo pusiera los pechos se asomarían por todas partes.

Bella olvidó su propia timidez con el biquini rosa en el momento en que salió a la terraza y contempló a Gabriel con el bañador negro más pequeño, y sexy, que jamás había visto.

De caderas bajas, la tela apenas cubría esa reveladora protuberancia frontal. Una protuberancia de la que le costaba apartar la vista...

Gabriel se irguió del equipo de buceo y su expresión se endureció al percatarse de que Bella lo observaba.

—¿Acaso mis cicatrices te molestan, después de todo? —soltó con aspereza.

—¿Cicatrices? —repitió desconcertada, tratando de concentrarse en algo que no fuera ese bañador mínimo—. Oh. Esas cicatrices —asintió al percatarse de las líneas entrelazadas que marcaban su pecho y espalda; en su pierna izquierda, tanto por debajo como por encima de la rodilla, tenía algunas más profundas que parecían incisiones quirúrgicas —. Ya te he dicho que no me parecen desagradables, Gabriel —indicó ceñuda.

—Eso fue antes de ver la extensión que alcanzaban —explicó con sequedad—. A algunas mujeres les molestaría.

¿A algunas mujeres? ¿O ya había sucedido... quizá con Janine Childe, por ejemplo?

Bella salió a la terraza.

—Todos tenemos cicatrices. Lo que pasa es que algunos las llevamos en el interior y no en el exterior. Además —añadió—, ¿qué te importa a ti lo que me inspiren?

Los ojos de Gabriel fueron como dos rendijas.

–Eres la mujer que tendrá que mirarlas el resto de su vida.

¿El resto de su vida?

Respiró hondo al darse cuenta de que en realidad no había pensado que su matrimonio duraría toda la vida.

De pronto comprendió que no había dicho nada y que Gabriel esperaba...

–Yo no me preocuparía por ello. Todos los hombres son iguales en la oscuridad... –calló al sentir las manos de Gabriel cerrándose sobre sus brazos–. ¡Suéltame! –jadeó.

No le prestó atención.

–No me interesa saber lo que piensas de otros hombres, Isabella. ¡En la oscuridad o en otra situación!

Lo miró y sólo pudo ver la furia que hervía en él.

–Tus cicatrices no me molestan, Gabriel, y esa es la verdad –respondió finalmente.

Pasados unos segundos, la soltó con brusquedad.

–Pasaré unos minutos más comprobando el equipo, así que quizá te apetezca ir a nadar mientras esperas –sugirió.

Bella dio media vuelta y se dirigió hacia la playa.

Otro día en el paraíso...

–¡Ha sido la experiencia más maravillosa de mi vida! –exclamó en cuanto salió del mar y se quitó la máscara.

–¿La más maravillosa? –Gabriel enarcó las cejas con gesto burlón mientras se quitaba el equipo antes de sentarse en la manta extendida en la arena dorada.

–Bueno... una de ellas –se apresuró a corregir ella–. Sostener a Toby en brazos segundos después de su nacimiento probablemente fue la más maravillosa –añadió con ternura.

Él frunció el ceño.

–Me habría gustado compartir esa experiencia contigo.

–Ha sido un día precioso, Gabriel, no lo estropeemos con otra discusión –suspiró al sentarse junto a él en la manta antes de quitarse el equipo de buceo y dejarlo en la arena. Se apartó el cabello mojado de la cara, rodeó sus rodillas con los brazos y apoyó la barbilla en ellas–. Además, dudo mucho que te hubieran dejado entrar en el paritorio a pesar de ser quien eres.

Él enarcó una ceja.

–¿A pesar de ser quien soy...?

Bella asintió.

–Ni siquiera el apellido Danti te habría conseguido acceso –bromeó–. Hubo un pequeño susto en el último momento –explicó–. Mi tensión arterial se disparó, Toby se angustió y tuvieron que trasladarme a toda velocidad a un quirófano para someterme a una cesárea.

Él se puso tenso.

–¿Tu vida corrió peligro?

–Creo que nuestras dos vidas estuvieron en peligro durante un rato –reconoció ella–. Pero por suerte al final todo salió bien.

–¿Es factible que suceda lo mismo en un segundo embarazo?

Lo miró sorprendida.

–No lo sé. Jamás se me pasó por la cabeza preguntarlo. ¿Gabriel? –él se incorporó súbitamente para acercarse al borde del agua–. Gabriel, ¿qué sucede? —vio que cerraba las manos con fuerza—. Tal como yo lo veo, tanto tú como yo estuvimos a punto de morir y tenemos cicatrices que así lo prueban...

Calló cuando se dio la vuelta con expresión fiera.

—Sólo intentaba quitarle hierro al asunto —razonó.

—¿Crees que el riesgo que corrió tu vida es asunto de risa?

Ella hizo una mueca.

—Creo que es algo que sucedió hace cuatro años y medio. Ahora no es más que historia. Todos seguimos aquí, después de todo.

Gabriel sabía que ella tenía razón, pero enterarse de que tanto Bella como Toby podrían haber muerto durante el parto hizo que se preguntara, y temiera, que un segundo embarazo pudiera ser igual de peligroso.

—¿Puedo ver tu cicatriz?

Lo miró con cautela de pie ante ella y bloqueando el sol, el rostro intenso.

¿Quería ver la cicatriz de su cesárea?

Tragó saliva.

—¿Puedes aceptar mi palabra de que la tengo ahí? —justo debajo de la línea del escueto biquini.

Parte de la tensión se evaporó de la cara de él.

—No.

—Oh —se mordió el labio inferior—. Preferiría no hacerlo —a la defensiva, abrazó con más fuerza sus rodillas.

—¿Por qué no?

«¡Porque está en un sitio demasiado íntimo, por eso!»

¡Porque ya se sentía demasiado expuesta, vulnerable, con ese mínimo biquini, como para mostrarle más piel!

–Quizá más tarde –dijo, girando la cara.

–Ahora.

Frunció el ceño irritada cuando volvió a mirarlo.

–¡Gabriel, no tenemos por qué desnudarnos literalmente el uno ante el otro durante nuestros primeros días de matrimonio!

Le ofreció una sonrisa dura.

–Tú has visto mis cicatrices, ahora me gustaría ver las tuyas.

–Preferiría que no –espetó.

–Los hombres y las mujeres también son iguales a la luz del día, Isabella –murmuró él.

¡Claro que no lo eran!

Sencillamente, no había otro hombre como Gabriel. Ningún hombre que tuviera el poder de convertirle en gelatina las rodillas con una sola mirada. Ningún otro que hiciera que se sintiera tan deseable. Que lograra que perdiera el control con un simple contacto de la mano...

Por lo que a ella concernía, no había ningún otro hombre.

¡Oh, Dios!

Sintió que palidecía al mirarlo con sensación de impotencia. Lo amaba. Amaba a Gabriel.

¿Acaso alguna vez había dejado de amarlo?

Con una sensación próxima al pánico, reconoció que probablemente, no. Se había enamorado de él aquella noche de cinco años atrás, y aunque no había vuelto a verlo, había seguido amándolo.

Esa era la razón por la que ni siquiera había mostrado interés en salir con otros hombres durante todo ese tiempo.

Por la que nunca le había atraído otro.

¡Porque ya estaba enamorada de Gabriel Danti y siempre lo estaría!

Y en ese momento estaban casados. Estaba casada con el hombre al que amaba, al que siempre amaría, y al que no podía hablarle de ese amor porque no era lo que quería de ella. Lo único que Gabriel quería era a su hijo; ella simplemente iba con el paquete.

Se puso de pie.

—Creo que no, Gabriel —le dijo con rigidez—. Estoy cansada. Regresaré a la villa y dormiré una siesta antes de la cena.

Él permaneció en la playa, mirándola caminar entre los árboles en su ascenso hacia la casa, con el cabello sedoso sobre los hombros y un tentador contoneo de caderas.

¿Qué acababa de suceder?

En un momento dado, ella lo había estado desafiando como hacía siempre, algo de lo que él siempre disfrutaba, y al siguiente pareció que había cerrado por completo sus emociones.

Quizá era lo mejor, sabiendo que no se atrevería a arriesgarse a dejar embarazada a Bella hasta no tener la certeza de que ella no correría peligro...

—Dime qué paso hace cinco años, Gabriel.

—¿En referencia a...? —la miró con expresión reservada desde el otro lado de la mesa.

—Al accidente, por supuesto —indicó impaciente.

—Ah —se reclinó y bebió un sorbo de vino blanco que había abierto para acompañar la langosta y la ensalada que habían preparado juntos y que acababan de terminar.

Bella frunció el ceño.

—¿A qué creías que me refería?

La miró con párpados entornados mientras admiraba lo maravillosa que estaba con el sencillo vestido negro hasta las rodillas. Las finas tiras de los hombros y la desnudez de los brazos revelaban el ligero bronceado que había adquirido antes en la playa; llevaba el rostro libre de maquillaje salvo por un poco de brillo en los labios y el cabello suelto caía como una cascada sobre los hombros.

Nunca había estado más hermosa. O deseable.

—¿A qué creía que te referías? —repitió despacio—. ¿Tal vez a la noche que pasamos juntos?

—¡Creo que ambos somos conscientes de lo que sucedió esa noche! —señaló con sequedad—. Estudiante impresionable conoce a un sexy piloto de carreras —explicó ante la mirada inquisitiva de Gabriel—. Y el resto es historia, como suele decirse.

—¿Y qué dices tú, Bella?

¿Qué debería decir?

Podría decir que se había comportado como una idiota. Que debería haber tenido más sentido común y no haber caído rendida ante tanto encanto. ¡Que jamás debería haber cometido la absoluta necedad de enamorarse de un hombre como Gabriel Danti!

—Oh, no, Gabriel —sonrió sin humor—. No vas a desviarme de mi pregunta original irritándome.

—¿No?

—¡No!

—Siento curiosidad por conocer la razón de que hablar de la noche que pasamos juntos hace cinco años pueda causarte irritación.

—¡Gabriel! —protestó.

—¿Bella...?

Quizá si hubiera seguido llamándola Isabella de esa manera fría y distante, entonces se habría negado a contestarle. Quizá. Pero cuando pronunciaba su nombre de ese modo ronco y sexy, no tenía ni una sola posibilidad.

Suspiró.

–No quiero discutir otra vez contigo esta noche, Gabriel.

Él asintió.

–Bien, entonces no discutiremos.

–¡Parece que somos incapaces de hacer otra cosa!

Él se encogió de hombros.

–Estaremos aquí juntos una semana, Bella, sin otras distracciones. Tenemos que hablar de algo.

–Ya te he dicho qué pasó aquella noche. Me interesa más lo que pasó después –afirmó ella.

Gabriel apretó los labios.

–Una vez más te refieres al accidente de coche en el que murieron dos hombres.

La súbita frialdad que mostró le reveló la renuencia que tenía a hablar del accidente.

–Te aseguro que no me voy a sentir herida por cualquier cosa que puedas decir acerca de tus sentimientos por Janine Childe.

–¿No?

–No –confirmó Bella–. No eres el primer hombre en irse a la cama con una mujer cuando estás enamorado de otra. Y dudo mucho que seas el último –añadió con sonrisa pesarosa.

Gabriel tensó la mandíbula.

–¿Me consideras tan canalla?

–Creo que eras un hombre rodeado de mujeres que siguen la Fórmula Uno, encantadas de acostarse con el campeón sin importarles que esté enamorado de otra mujer –explicó ella con pragmatismo–. A las mujeres les encanta esa imagen de macho, y tú lo sabes.

—¿A ti? —en ese momento sonó divertido.

—No hablábamos de mí...

—¿Por qué te acostaste conmigo aquella noche, Bella?

¡Volvía a llamarla Bella! Y justo después de haber comprendido que estaba enamorada de él...

—Porque eras condenadamente sexy, por supuesto —comentó con ligereza—. Y ahora, ¿querrías...?

—¿En pasado, Bella? —cortó él con suavidad y voz ronca—. ¿Ya no me encuentras sexy?

Si lo encontrara más sexy, se pondría literalmente a babear... le arrancaría esa camisa de seda para tocarle la piel desnuda.

¡Estaría de rodillas suplicándole que volviera a hacerle el amor!

Otra vez.

Y otra...

Sólo pensar en ellos hizo que se le endurecieran los pechos y los pezones se marcaran contra la tela suave de su vestido.

Le lanzó una mirada irritada.

—¡Deberías llevar un sello en la frente advirtiendo de que eres peligroso para la salud! —frunció el ceño cuando él comenzó a sonreír—. Me alegro de que lo encuentres divertido —musitó.

No perdió la sonrisa mientras la observaba. Sin que Bella se diera cuenta, cada vez se sentían más relajados el uno en compañía del otro.

Adelantó levemente el torso.

—Tú deberías llevar una advertencia sobre los pechos.

El rubor le invadió las mejillas.

—¿Mis pechos...? —se atragantó.

Gabriel asintió.

—Son hermosos, Bella. Firmes. Redondos. Encajan a la perfección en mi mano. Y tus pezones son...

—¡No estoy segura de que sea una conversación para la sobremesa, Gabriel! —exclamó cuando pudo recobrar el aliento.

Él dejó que su mirada bajara a la parte de la anatomía de Bella en cuestión que en ese momento tensaba el corpiño del vestido. Un claro indicio de que la conversación la había excitado tanto como a él.

Sin embargo, no podía, ni se atrevía, a hacerle el amor. El temor a otra pérdida en su vida hizo que su determinación de no arriesgar la vida de Bella con un posible segundo embarazo fuera firme.

Apretó los labios al comprender el aprieto en que los había metido a ambos.

—Tienes razón, Isabella, no lo es —se puso de pie.

—Yo... ¿Adónde vas? —frunció el ceño al verlo ir hacia la playa.

Gabriel giró en el sendero y la luz de la luna se reflejó en sus ojos.

—Necesito algo de tiempo para mí —explicó con tono distante.

¡No podría haberle dicho con más claridad que después de sólo dos días juntos ya se había aburrido de su compañía!

—Bien —asintió—. Te veré por la mañana, entonces —añadió con docilidad, aún algo aturdida por el cambio tan súbito en Gabriel. Después de pasar tantas semanas resistiéndose a él, también estaba sorprendida por el intenso deseo que la embargaba de ser seducida.

—No lo dudo —confirmó de forma escueta.

Y Bella comprendió con dolor que no parecía nada feliz ante dicha posibilidad...

¡Los dos días que Gabriel había necesitado para sentirse aburrido en su compañía eran los mismos que ella había requerido para comprender que lo amaba más que nunca!

Capítulo 10

EL desayuno, Bella.

Sintió como si luchara a través de capas de niebla para salir de un sueño profundo y atribulado. Hizo una mueca al recordar dónde se encontraba.

Una vez más la noche anterior había fingido que dormía cuando Gabriel finalmente fue a la cama dos horas después que ella. Y los movimientos inquietos de él le habían indicado que tampoco era capaz de conciliar el sueño.

Sin embargo, no habían hablado. No se habían tocado. Simplemente, habían permanecido uno al lado del otro, despiertos pero sin comunicarse.

—Se te enfría el café, Bella —le comunicó Gabriel.

Pudo oler el café y el delicioso aroma de los cruasanes, y al final abrió los ojos y frunció el ceño al ver que Gabriel se hallaba junto a la cama sosteniendo una bandeja. Ya se hallaba vestido, con el pelo mojado por la ducha.

—¿Por qué el desayuno en la cama, Gabriel? —se sentó, apoyándose contra las mullidas almohadas, decidiendo que el ataque era la mejor defensa después del modo en que se habían separado la noche anterior.

Él se encogió de hombros.

—Me pareció algo que un marido debería hacer por su esposa —depositó la bandeja sobre sus rodillas y retrocedió.

—Nunca nadie me había traído el desayuno a la cama —musitó incómoda y sin mirarlo.

—Como nos marchamos esta mañana, pensé que lo mejor era que comieras algo...

—¿Marcharnos? —cortó incrédula, mirándolo—. ¿Te refieres a que volvemos a Inglaterra?

—Sí —confirmó con una inclinación de la cabeza.

Se sintió absolutamente aturdida mientras lo veía sacar su ropa del armario, preparándose para guardarla en las maletas.

Había decidido que se marchaban. ¡Después de sólo dos días de luna de miel!

Frunció el ceño confusa.

—Es algo súbito, ¿no crees?

¿Qué diablos iba a pensar su familia si recortaban la luna de miel de esa manera? ¡Especialmente Toby!

Gabriel vio las dudas que pasaron por el rostro de Bella y movió la cabeza.

—Aquí no eres feliz, Isabella.

—¡Y tú tampoco! —replicó ella.

Apretó los labios.

—No hablábamos de mí.

—No, ¿verdad? ¿Y por qué, Gabriel? ¿Por qué nunca puedes darme una respuesta clara y directa a una pregunta también clara y directa?

—Quizá porque las preguntas que formulas no tienen una respuesta directa.

Ella suspiró disgustada.

—¡Vuelves a hacerlo!

Gabriel era bien consciente de lo que hacía. Pero no podía hablarle a Bella de sus miedos, de su necesidad de irse de la isla antes de poner otra vez en peligro su vida si concebía una segunda vez.

—Si piensas que tu familia puede llegar a preocuparse por nuestro regreso anticipado de la luna de miel, te sugiero que vayas directamente a tu casa. De ese modo nadie tendrá que saber que hemos vuelto.

Bella frunció el ceño.

—¿Qué diferencia hay en que nos escondamos aquí otros cinco días a que lo hagamos en mi casa?

Gabriel emitió una risa carente de humor.

—He dicho que tú fueras a tu casa, Isabella, no que yo pensara reunirme allí contigo.

Ella palideció.

—Ya veo...

—¿Sí? —inquirió él con tono sombrío.

—Oh, sí —replicó al colocar la bandeja en la mesilla de noche antes de ponerse de pie—. Puedo estar lista en una media hora si te parece bien.

Había pensado que Bella se sentiría contenta de abandonar la isla ese día. Y aún más de verse libre de su compañía en cuanto volvieran a Inglaterra. Pero exhibía una expresión de enfado.

—No hay prisa —le informó—. He llamado por radio para pedir que el avión estuviera preparado para despegar nada más llegar nosotros.

—¡Ahora sé de dónde saca Toby su habilidad para la organización! —bufó—. Me gustaría un poco de intimidad para darme una ducha y vestirme, si a ti no te importa, Gabriel —lo miró desafiante.

—¿Contaría para algo si me importara? —gruñó.

—¡En absoluto! —espetó con ojos centelleantes.

—Era lo que pensaba. Desayuna algo, Isabella —aconsejó—. Te sentirás menos mareada en el helicóptero si has comido —estaba tan hermosa enfadada, con el camisón claro ciñéndose a la exuberancia de su figura curvilínea. Le costó contenerse para no tomarla en brazos. A cambio, fue hacia la puerta–. Estaré fuera si me necesitas.

–No te necesitaré –le aseguró con rotundidad.

–¿No dijiste que ibas a marcharte? –le recordó Bella horas más tarde, después de que Gabriel la hubiera llevado hasta su casa y se demorara sentado en el salón.

El largo vuelo en el jet de los Danti había estado libre de incidentes... probablemente porque ninguno de los dos había sugerido que se acercaran al dormitorio situado en la parte de atrás del avión.

Deseaba que se fuera, porque como no lo hiciera pronto, sabía que cedería a las lágrimas que todo el día habían amenazado con caer.

–¿No vas a ofrecerme al menos una taza de café? –preguntó él.

–Es tarde, Gabriel, y pensé que tenías que irte a alguna otra parte.

Él frunció el ceño.

–Yo no dije eso.

–Lo diste a entender.

Sabía muy bien lo que había dado a entender. Pero una vez llegado el momento de separarse de Bella, era renuente a hacerlo.

–No estoy seguro de que dejarte aquí sola sea lo más correcto.

Ella rio.

–Llevo dos años viviendo sola, Gabriel...

–Has vivido aquí con Toby –corrigió con firmeza–. No es lo mismo.

Con pesar, Bella aceptó para sus adentros que no lo era. De hecho, ya era consciente de lo silenciosa y vacía que parecía la casa sin la presencia de su pequeño hijo.

—Ya soy una chica mayor, Gabriel; seguro que me las arreglaré —indicó con ironía.

—Soy bien consciente del hecho de que eres una chica mayor.

—Entonces, te sugiero que dejes de tratarme como a una niña de seis años y me des el trato de una mujer de veintiséis.

La boca de él reflejó desaprobación.

—¿Mostrar preocupación por tu bienestar es tratarte como a una niña?

Bella movió la cabeza con gesto impaciente.

—¡Me has estado tratando como a una niña! Punto.

—¿Cómo querrías que te tratara, Isabella? —soltó, frustrado con esa conversación.

Bella se quedó muy quieta y percibió la repentina tensión en la habitación. Casi podía oír el crepitar de la electricidad que fluía entre Gabriel y ella...

Tragó saliva.

—Creo que deberías irte.

Él también lo creía. De hecho, ¡lo sabía! Antes de que hiciera algo que luego lamentara. Que ambos pudieran llegar a lamentar.

Pero...

Bella parecía cansada después del largo viaje, con ojeras en un rostro pálido por la extenuación. No obstante, había una determinación seductora en el ángulo obstinado del mentón, el mismo desafío reflejado en sus ojos y en la postura orgullosa del cuerpo.

Sintió la palpitación de su erección con sólo mirarla.

¡Dejándole bien claro que era hora de marcharse!

—Sí, debería irme —reconoció con voz ronca.

–Sí.

–Ahora.

–Sí.

–Bella...

–¿Gabriel...?

Respiró hondo.

–¡Necesito irme!

–Hazlo.

Pero en vez de alejarse cruzó el salón en dos zancadas y la pegó a su pecho mientras bajaba la cabeza y reclamaba su boca con una necesidad tan primitiva y antigua como el tiempo.

Tan salvaje y primitiva como su fiero y descontrolado deseo de poseer otra vez a Bella...

Metió los dedos en su cabello mientras la besaba hambriento, encendido, separándole los labios y permitiendo que la lengua se sumergiera en el calor de su boca. Bella sabía a miel, y también estaba muy excitada.

Moldeó su cuerpo contra él y continuó besándola y reclamándola. Extendió la mano sobre su trasero y la presionó contra su erección, tan poderosa la necesidad de poseerla que no era capaz de pensar en otra cosa ni sentir nada que no fuera Bella.

Retiró la boca de la suya y la posó en la suavidad satinada de su garganta, lamiendo, probando, mordisqueando.

–¡Deberíamos para ahora mismo, Bella!

–Sí –convino ella con voz trémula.

–¡No puedo ser gentil contigo! –gimió, sabiendo que era verdad. Había esperado demasiado tiempo. ¡La había deseado demasiado tiempo!

Bella ya lo sabía, había sentido la urgencia en el instante en que la tomó en brazos. Una urgencia que también ella experimentaba y que se había desatado en cuanto la tocó. ¡No, incluso antes! Esa percepción física había estado presente todo el día entre ellos, ardiendo justo por debajo de la superficie incluso en las conversaciones más superficiales.

–No me romperé, Gabriel –lo animó con el cuello arqueado hacia el calor erótico de la boca de él–. Simplemente, no pares. Por favor, no pares...

Tembló con añoranza. Varios botones de su blusa salieron volando en el momento en que él se la separó para desnudarle los pechos y comenzar a besárselos y a lamerlos, introduciendo un pezón henchido en el calor de su boca mientras con una mano le masajeaba el otro.

Emitió un sollozo ronco al sentirse atravesada por el placer, que terminó por acumularse como un palpitar volcánico entre sus muslos. Estaba tan inflamada, tan necesitada al pegarse contra la erección de Gabriel, que apenas era capaz de pensar con coherencia.

Él se movió contra ella, una promesa de un placer aún mayor. Un placer que no tenía intención de permitir que Gabriel les negara a ninguno de los dos. Lo quería dentro. Quería observar su cara mientras la embestía con fuerza. Quería oír sus gemidos de placer mezclados con los de ella. Oír sus gritos cuando alcanzaran juntos esa cumbre.

–Esta vez, no, Gabriel –se apartó cuando la mano de él fue a desabrocharle los vaqueros–. Quiero tocarte primero. Besarte. Todo –añadió con voz ronca al comenzar a desabotonarle la camisa, bajársela por los brazos y dejar que cayera al suelo alfombrado–. ¡Eres tan hermoso, Gabriel...! –susurró antes de empezar a besarle todas y cada una de sus cicatrices, lamiéndole la piel, probándolo.

Gabriel sabía que su cuerpo con cicatrices distaba mucho de ser hermoso, pero dejó de preocuparle todo a medida que los labios y la lengua de Bella lo recorrieron con libertad mientras apoyaba la palma de la mano sobre su erección, que respondió de inmediato al movimiento rítmico y lento impuesto por ella.

Habían pasado cinco semanas juntos antes de la boda y dos días a solas en una romántica isla caribeña. Y sin embargo, era en la pequeña casa de Bella, sabiendo que estarían separados varias horas, cuando perdió el control.

—Necesito... Bella, necesito... —calló con un gemido cuando ella le desabrochó los vaqueros y los apartó del camino para poder satisfacer dicha necesidad.

Su boca estaba caliente al tomarlo y los dedos se cerraron en torno a la extensión de la erección para acariciarlo.

Gabriel se perdió en el placer de ese ataque dual a sus sentidos.

Luchó por mantener el control. Un poco más. Quería... necesitaba disfrutar de ese momento un poco más, y se prometió para sus adentros que luego se marcharía. Bella lo empujó con gentileza hacia atrás hasta que se dejó caer en un sillón, con el cabello de ella sobre sus muslos cuando se arrodilló ante él.

Sólo unos minutos más de estar en el calor de la boca de Bella. De esa deliciosa lengua que le lamía la extensión del pene. De los dedos a su alrededor a medida que instintivamente comenzaba a moverse al mismo ritmo endemoniado.

Bella alzó los párpados para mirarlo y adrede no apartó la vista mientras pasaba la lengua con provocación en torno al glande de la palpitante erección. Lamiendo. Excitando. Probando.

La cara de Gabriel estaba acalorada por la pasión, los ojos febriles, la mandíbula apretada mientras luchaba por no perder el control.

–¡Basta! –gruñó al apartarla, aferrándola por los brazos para incorporarla con el fin de poder capturarle la boca con la suya.

Ella se sentó a horcajadas sobre él y se besaron salvajemente.

Se puso de pie con las bocas aún pegadas, coronó el trasero de Bella con la manos para alzarla con él antes de tumbarla sobre la alfombra, alzando la cabeza con el fin de separarle la blusa ya rota y darse un festín con esos pechos desnudos.

Primero besó un pezón y luego el otro. Ella gimió suavemente cuando la miró y él continuó apretándole y masajeándole los pezones con los dedos, observando cómo se le oscurecían los ojos y se arqueaba hacia la caricia.

Sin dejar de mirarla, le soltó los vaqueros y se los bajó por los muslos hasta quitárselos por completo, separándole las piernas con el fin de situarse entre ellas. Le acarició el estómago con lento movimiento circular y descendente hacia los suaves y oscuros rizos visibles a través del encaje de color crema de las braguitas.

Bella respiró entrecortadamente mientras lo observaba tocarla con dedos cálidos y delicados. Soltó un gemido cuando esos dedos se posaron sobre su sexo. Alzó las caderas al encuentro de esa caricia tentadora.

El dedo se movió y ella lo siguió.

Otra vez.

Y otra.

La tentaba. Le daba placer. La torturaba.

—¡Sí, Gabriel...! —suplicó al final, moviéndose contra él dominada por la frustración.

Le quitó las braguitas y la contempló unos instantes con ojos intensos antes de bajar la cabeza. Primero la tocó con las manos, luego con los labios besó con ternura esa cicatriz que no había tenido hacía cinco años.

Pero Bella no dispuso de tiempo para pensar en ello cuando los dedos de Gabriel separaron los rizos negros y su boca descendió...

¡Santo cielo!

Un placer como nunca antes había conocido irradió de su cuerpo en el instante en que la lengua de él lamió ese capullo palpitante y la lanzó al borde del abismo unos momentos antes de que el clímax rompiera sobre ella con una oleada tras otra de una intensidad tal que parecía dolor.

El placer le había vaciado la mente y soltó el aliento en una especie de sollozo al sentir que Gabriel separaba los pliegues sensibles y la penetraba, primero con un dedo y luego con dos. Mientras la lengua seguía acariciando ese núcleo anhelante, su cabeza se movió de un lado a otro y cerró las manos cuando él la llevó hasta otro orgasmo incluso más intenso que el primero.

No bastó.

¡Jamás bastaría!

Bella se incorporó y lo tumbó sobre la alfombra para quitarle el resto de la ropa antes de situarse encima de él, apoyando las manos sobre los poderosos hombros a medida que el calor que sentía entre las piernas se convertía en una caricia caliente contra la dureza de la erección.

–No, Bella... –gimió él cuando lo condujo a su interior, centímetro a centímetro, hasta cobijarlo por completo y quedar envuelto en su calor y su estrechez–. No debemos hacer...

–Sí –insistió.

Gabriel dejó de respirar cuando ella empezó a moverse con una lentitud agónica.

Sintió que se ponía más duro y grande, incapaz ya de soportar el tormento de esos pechos encima de él. Levantó la cabeza y capturó con la boca una de esas cumbres rosadas.

Bella lo tomó en toda su extensión antes de levantarse y dejar que sólo el glande permaneciera dentro de ella. Entonces volvió a bajar y a subir, así una y otra vez. Por ese entonces Gabriel estaba tan excitado que era como si le tocara el mismo núcleo.

Él le aferró las caderas con las manos y guio sus movimientos al percibir la liberación inminente, y oyó el grito de Bella cuando alcanzó el orgasmo al mismo tiempo que él.

Capítulo 11

NO deberíamos haberlo hecho! Bella se había derrumbado sobre el húmedo torso de Gabriel cuando la última onda de placer recorrió su cuerpo, pero en ese momento levantó la cabeza y lo miró incrédula.

–¿Qué acabas de decir?

Él le devolvió una mirada sombría.

–No debería haber hecho eso, Bella...

Lo miró atónita, se separó de golpe de él y tapó su desnudez con la blusa rota antes de ponerse de pie.

–Vete, Gabriel –espetó.

–Bella...

–¡Vete! –repitió con voz trémula, volviéndose en busca de las braguitas que logró ponerse en precario equilibrio.

Se preguntó cómo Gabriel podía hacerle eso. ¿Cómo?

Lo que ella había considerado algo hermoso, absolutamente único, se había convertido en algo que deseaba olvidar.

¡Que deseaba que nunca hubiera sucedido!

–¿Quieres vestirte y marcharte, Gabriel? –él se incorporó lentamente, magnífico en su poderosa desnudez. Bella no quiso mirar tanta masculinidad–. No quiero que digas nada. No quiero que hagas nada. Sólo quiero que te vistas y te vayas. Ahora –insistió.

—Bella...

—¡Ahora!

—Has malinterpretado mi razonamiento, Bella...

—¡No me toques! —se apartó con brusquedad de las manos que él había apoyado sobre sus hombros.

Gabriel frunció el ceño al ver su expresión.

—Mi contacto no pareció resultarte tan desagradable hace unos instantes —musitó.

—Lo mismo que a ti el mío —replicó—. Supongo que los dos nos dejamos llevar por el momento y olvidamos lo demás.

—¿Y qué es lo demás? —entrecerró los ojos.

—¿Quieres ponerte algo de ropa? —repitió impaciente—. Me resulta desconcertante hablar con un hombre que está completamente desnudo.

—No soy cualquier hombre, Isabella, soy tu marido —señaló con aspereza mientras se enfundaba los vaqueros.

—Sé exactamente quién y qué eres, Gabriel —aseveró—. Lo que he querido decir es que el único motivo por el que te casaste conmigo fue Toby...

—Isabella...

—¿Se te habría pasado por la cabeza proponerme matrimonio de no haber existido Toby? —desafió.

—Ya ninguno de los dos sabrá qué habría pasado después de encontrarnos en San Francisco...

—Yo sí —repuso con desdén—. ¡Dudo mucho que nos hubiéramos vuelto a ver después de lo de San Francisco si no hubieras descubierto la existencia de Toby!

Gabriel respiró hondo.

—Quizá ahora no sea el momento de mantener esta conversación. Estás perturbada...

—Estoy enfadada, Gabriel, no perturbada. Conmigo misma –añadió–. ¡Por caer una vez más en tu rutina de seducción!

–¿Mi rutina de seducción? –repitió incrédulo.

Bella asintió.

–No intentes negarlo –le advirtió–. ¡Aún recuerdo la habilidad con la que me sedujiste hace cinco años!

Él frunció el ceño.

–Eso fue hace cinco años, Isabella...

–¡Entonces debes sentirte satisfecho de saber que no has perdido nada de tu habilidad! –espetó.

La estudió atentamente, deseando tomarla en brazos, explicarle sus temores por ella...

–Insultarme sólo empeora la situación, Bella –le dijo con suavidad.

–¿Empeorarla? ¿Puede empeorar? –gritó–. Nos acabamos de arrancar la ropa en un frenesí sexual... y en mi caso, literalmente –bajó la vista a su blusa abierta, cuyos botones estaban diseminados a sus pies–. No quiero seguir hablando de esto, Gabriel –cortó–. Lo único que deseo es que te marches.

–Regresaré mañana...

–¡Por mí no te des prisa! –exclamó ella.

–Necesitamos hablar.

–Dudo mucho que tengas algo que decir que yo desee escuchar –repuso cansada.

Él apretó la mandíbula. Estaba tan hermosa… Lo único que quería era tomarla en brazos y volver a hacerle el amor una y otra vez.

–No obstante, volveré mañana –afirmó con sombría determinación.

Ella enarcó unas cejas burlonas al ver que no hacía esfuerzo en marcharse.

–¡Espero que no aguardes que te diga que te estaré esperando con los brazos abiertos!

—No, no lo espero —le dedicó una sonrisa carente de humor—. La sinceridad es una de las cosas que más me gustan de ti, Bella.

—Una de las pocas, no me cabe duda —aclaró—. Si me disculpas ahora, me gustaría darme una ducha y acostarme —«sola», tuvo ganas de añadir. Pero no tenía sentido exponer lo obvio. Alzó el mentón—. Adiós, Gabriel.

—Jamás será un adiós entre nosotros, Isabella —aseveró con serenidad.

«No», aceptó ella apesadumbrada cuando él por fin se fue. Seguirían con esa farsa de matrimonio el tiempo que fuera necesario. El tiempo que Toby lo necesitara.

—¿Dónde has estado?

—¿Dónde te parece a ti? —respondió Bella con sarcasmo mientras sacaba las bolsas de la compra del maletero del coche—. No te esperaba todavía —agregó cuando él se las quitó de la mano—. Gracias —aceptó con frialdad mientras él llevaba la media docena de bolsas a la cocina—. ¿Quieres un café o algo? —comentó sin mirarlo mientras empezaba a sacar la compra.

Gabriel la observó con curiosidad y notó las ojeras en sus ojos y la palidez del rostro.

Vestida con una camiseta rosa que marcaba la plenitud de sus pechos y unos vaqueros que resaltaban la esbeltez de sus caderas y piernas, con el rostro sin maquillaje, parecía diez años más joven que los veintiséis que tenía.

Apretó los labios al pensar en lo sucedido veinticuatro horas antes.

–Yo haré el café. Luego desearía que habláramos.

Ella se puso rígida.

–Espero que no acerca de anoche.

Él asintió.

–Entre otras cosas.

Bella movió la cabeza.

–No hay nada que nos quede decir sobre anoche...

–¡Nos queda todo por decir sobre anoche! –la contradijo furioso, tratando visiblemente de controlarse–. No permitiré que pongas aún más barreras entre nosotros, Bella. Si lo prefieres, yo hablaré y tú sólo tienes que escuchar...

Lo miró con suspicacia.

–¿Y si no me gusta lo que tengas que decir? –retó.

–Entonces, tendré que respetarlo –replicó.

Siguió observándolo en silencio unos segundos antes de asentir bruscamente.

–Bien –aceptó–. Pero primero prepara el café, ¿de acuerdo?

Lo que debería haber sido una escena doméstica relajada, fue todo menos eso, ya que era muy consciente de él en todos los sentidos como para poder relajarse.

Después de guardar toda la compra y con dos tazas de café sobre la mesa de la cocina, no le quedó más alternativa que sentarse a escucharlo.

–¿Y bien? –instó.

Gabriel puso expresión dolida.

–Comprendo que aún sigues enfadada conmigo, Bella, pero no creo haber hecho nada para merecer tu desdén.

La noche anterior, mientras daba vueltas en la cama sin poder dormir, ella había llegado a la conclusión de que era tan responsable como él de lo sucedido. Que lo deseaba tanto como él había dado la impresión de desearla.

Suspiró.

—No estoy enfadada, Gabriel —admitió con pesar—. Al menos no contigo.

La estudió.

—¿Estás enfadada contigo misma porque ayer hicimos el amor?

—Ayer tuvimos sexo, Gabriel...

—Hicimos el amor...

—Llámalo como quieras, ¡pero los dos sabemos lo que realmente fue! —los ojos le centellearon.

Él respiró hondo para controlarse.

—¿No iba a hablar yo y tú te ibas a dedicar a escuchar?

—¡No si vas a decir cosas con las que no estoy de acuerdo! —espetó.

—Me esforzaré en que no sea así —se burló.

—No puedes garantizarlo.

Gabriel se encogió de hombros.

—No siempre es posible saber qué te va a enfadar.

—Bueno, mientras no hables de lo que pasó ayer ni de cualquier cosa que pasara hace cinco años, estarás en terreno seguro.

Él hizo una mueca.

—Ah.

Ella abrió mucho los ojos.

—¿Piensas hablarme de lo sucedido hace cinco años...?

—Sí, esa era mi intención.

—Pero... ¡nunca has querido hablar de ello!

—La situación ha cambiado... ¿Bella? —preguntó cuando ella se puso bruscamente de pie y le dio la espalda para mirar por la ventana de la cocina–. Por favor, Bella... –musitó.

La gentileza en el tono de Gabriel era como si le estrujara el corazón.

Estando en la isla, le había pedido que le contara lo acontecido cinco años atrás. En aquel momento realmente había querido conocer la respuesta. Pero en ese instante... se sentía tan vulnerable por el amor que acababa de reconocer que sentía por él, que no sabía si podría soportar que le hablara de sus sentimientos hacia otra mujer.

«Cobarde», le dijo una voz apenas audible y burlona en su interior. Siempre había sabido que Gabriel nunca la había amado ni jamás la amaría, entonces, ¿qué importaba que le hablara de lo sucedido cinco años antes?

¡No debería importarle!

Pero lo hacía...

Irguió los hombros y con expresión deliberadamente impasible se volvió hacia él. Una postura defensiva que estuvo a punto de desmoronarse al ver que la gentileza que había oído en la voz de Gabriel se reflejaba en sus ojos.

Maldijo para sus adentros. ¡No quería su compasión!

Quería su amor. Lo había querido cinco años atrás y en ese momento lo quería aún más. ¡Pero si no podía tenerlo, desde luego no quería su compasión!

Alzó el mentón.

–Adelante –invitó al final con voz tensa.

Él siguió mirándola en silencio durante varios segundos, luego inclinó la cabeza con firmeza.

–Primero necesito contarte dónde he estado desde que nos separamos ayer por la tarde...

–¡Dijiste que íbamos a hablar de lo sucedido hace cinco años! –cortó con impaciencia.

Gabriel suspiró por la interrupción.

–Mis actos desde que nos separamos ayer son relevantes para ese pasado. ¿Te sientas conmigo, Bella? –preguntó al ver que su rostro estaba más pálido que nunca y que esa palidez resaltaba aún más las ojeras.

El hecho de que ella aceptara le indicó cuánto la había perturbado su presencia y la conversación. Lo último que quería era hacerle más daño que el que ya le había causado; sin embargo, su sola presencia lo había logrado.

Se frotó los ojos con gesto cansado.

–Me marcharé cuando tú me lo pidas, Bella.

Ella rio.

–¿Es una promesa?

–Si deseas que lo sea, sí –le aseguró con pesar.

La desconcertó su docilidad.

–¿Seguro que no te has golpeado la cabeza desde la última vez que nos vimos?

–Muy graciosa.

–Lo intento –bromeó con ligereza.

Ni por un momento lo engañó el intento de ella de establecer una atmósfera superficial. La tensión en torno a sus labios le reveló que era una fachada.

Igual que lo era su propia serenidad.

–Bella, cuando estábamos en la isla me preguntaste qué sucedió de verdad hace cinco años, cuando chocaron tres coches de Fórmula Uno y como consecuencia de ello dos hombres murieron. ¿Sigues queriendo esa respuesta?

–¡Sí, por supuesto!

–¿Y me creerás si te cuento la verdad?

—Claro que te creeré, Gabriel —la irritó que lo dudara.

Él sonrió fugazmente.

—La investigación oficial declaró que había sido un accidente, pero yo sabía, y siempre lo he sabido, que fue Paulo Descari, y no yo, el responsable del choque de los tres coches.

—Pero... —se quedó boquiabierta—. ¿Fue deliberado?

Gabriel apretó la mandíbula.

—Eso creo, sí.

Lo miró fijamente. ¿Por qué diablos haría algo así Paulo Descari? A menos...

—¿Porque Janine Childe había decidido que había cometido un error? ¿Que te correspondía? —comprendió apesadumbrada—. ¿Le había contado a Paulo Descari que iba a ponerle fin a la relación que mantenían con el fin de volver contigo?

Gabriel se puso de pie con expresión sombría.

—Me temo que ninguna de esas cosas era posible, Bella —repuso—. Lo primero, porque yo no amaba a Janine. Lo segundo, porque fui yo quien puso fin a la breve relación que tuvimos, y no al revés, como tan públicamente afirmó Janine horas después del accidente. Pero sí creo que pudo haber provocado a Paulo con nuestra relación —prosiguió—. Aquella mañana él intentó entablar una discusión entre los dos y estaba tan cegado por los celos que no me creyó cuando le dije que no albergaba ningún sentimiento por Janine —volvió a suspirar—. Yo no fui responsable físico del accidente, Bella, pero, no obstante, siempre he sentido cierta culpa, no sólo por mi completa indiferencia hacia Janine, sino porque yo sobreviví y los otros dos hombres no.

–Pero eso es... No tienes motivos para sentirte culpable, Gabriel –manifestó atónita–. ¡Tú también podrías haber muerto!

–Pero estoy aquí. Contigo –murmuró él.

¿Cuánto tiempo necesitaría Bella para comprender y cuestionarse, después de las cosas que acababa de contarle, la noche que habían pasado juntos cinco años atrás?

La vio fruncir el ceño unos segundos y luego lo miró curiosa.

Él respiró hondo.

–Estuve inconsciente durante varios días después del accidente, y por eso en su momento no fui capaz de negar o confirmar la afirmación de Janine de que yo había causado el accidente porque aún la amaba –hizo una mueca desdeñosa–. Cuando estuve recuperado lo suficiente como para negar sus acusaciones, ya ni me interesó hacerlo –añadió con indiferencia.

–¿Por qué no? –preguntó incrédula–. Sin duda debiste darte cuenta de que las palabras de ella le daban motivos a la gente de seguir albergando dudas a pesar de las conclusiones de la investigación oficial.

–¿También tú tienes motivos para seguir dudando, Bella? –preguntó con los ojos entornados.

Ella movió la cabeza con vehemencia.

–No sobre tu inocencia.

Gabriel había pensado y esperado que resultaría más fácil que lo que estaba siendo. Pero no era así. Desnudar su alma de esa manera, sin tener idea del resultado final, resultaba doloroso.

–No entiendo por qué no hablaste, Gabriel –insistió Bella–. Por lo que has dicho, ¡se suponía que tenías que ser tú quien muriera aquel día!

–Jason estaba muerto. Igual que Paulo. Cuando

alguien muere, Bella, lo único que queda son los recuerdos que la gente que los quiso tiene de ellos. ¿Qué bien habría hecho, en especial a las familias de Jason y Paulo, que yo afirmara que uno había sido el responsable de la muerte del otro?

Entendía la lógica tras las palabras de Gabriel... ¡pero no tenían ningún sentido!

—Eso fue... muy abnegado por tu parte —murmuró.

—Más que lo que incluso yo comprendí —reconoció con aspereza.

Lo miró fijamente al entenderlo.

—Aquella noche no me hiciste el amor porque estuvieras molesto por haber perdido a Janine, ¿verdad?

—No —sonrió con pesar.

—Entonces... aquella mañana... —se humedeció los labios—. Dijiste que me llamarías. ¿Iba en serio?

—Sí.

—¿De verdad? —el palpitar de su corazón sonó muy alto en sus oídos mientras sus pensamientos... y sus esperanzas se desbocaban.

—De verdad —confirmó él atribulado—. Nuestra noche juntos había sido... sorprendente.

—¿En serio?

—Sí —suspiró—. Por desgracia, ese altercado con Paulo significó que no tuve oportunidad de llamarte antes de la sesión de entrenamientos, y es evidente que no pude hacerlo después. Y cuando me recobré y supe que no había tenido noticias de ti, pensé que no querías saber nada de mí.

Bella apretaba las manos con fuerza. Gabriel no había amado a Janine Childe, ni entonces ni en el presente. Había sido sincero cinco años atrás cuando le dijo que la llamaría por la mañana.

Las lágrimas le nublaron la visión.

–Pensé... Después de aquella noche no creí que volvería a verte.

–Creencia que se transformó en realidad –afirmó Gabriel.

–¡Pero no porque tú lo quisieras de esa maneara! –protestó ella.

–No.

–Gabriel, yo... ¡no sé qué decir! –se puso de pie inquieta–. Cuando aquella noche se anunció el accidente en los telediarios, yo estaba en casa. Vi los dos cuerpos tendidos en el suelo. A ti que te metían en una ambulancia. Fue el peor momento de mi vida –movió la cabeza–. O al menos eso pensé hasta que Janine Childe apareció inmediatamente después en la televisión para afirmar que tú aún la amabas.

–Jamás se me ocurrió... nunca imaginé que sus mentiras habrían convencido a alguien, pero supongo que yo conocía a la verdadera Janine y tú no –frunció el ceño.

–La que me creí fue la de que estabas enamorado de ella –admitió Bella–. No te conocía bien, Gabriel, pero te aseguro que jamás te consideré capaz de hacerle daño adrede a otro hombre.

–Bella, ¿qué habrías hecho aquel día si no hubieras creído que todavía estaba enamorado de Janine?

–¡Habría ido junto a ti, por supuesto! –exclamó–. No me habría importado quién hubiera podido querer detenerme. ¡Los habría obligado a dejarme que te viera!

–¿Por qué?

Lo miró con expresión suspicaz.

–¿Por qué...?

–¿Por qué, Bella? –repitió él con tono hosco.

¡Porque aquella noche se había enamorado de él, por eso! ¡Porque seguía enamorada de él!

Entrecerró los ojos al ver la incertidumbre en el rostro de ella. La suspicacia. El deseo de que no la volvieran a herir.

Gabriel sentía lo mismo.

Respiró hondo y aceptó que uno de ellos debía romper el punto muerto en el que se hallaban.

—¿Quizá si te contara por qué no sentí interés en lo que la gente pudiera creer que sucedió aquel día...?

Bella tragó saliva antes de hablar.

—¿Por qué no te importó, Gabriel?

—Por el mismo motivo por el que nada me importó cuando recobré la conciencia dos días después del accidente —se encogió de hombros—. Porque tú no estabas allí, Bella —admitió sin rodeos—. No estabas allí. No habías ido a verme. A pesar de lo mucho que lo deseé los tres meses que pasé en el hospital, seguiste sin aparecer.

Ella se quedó perpleja.

—No entiendo...

—No, supongo que no —aceptó al dar los dos pasos que los separaban para posar una mano sobre su mejilla—. Mi hermosa Bella. Mi valiente y hermosa Bella —sonrió—. Después de todo este tiempo, de todo lo que has sufrido, mereces conocer la verdad.

—¿La verdad...?

—Que me enamoré de ti aquella noche de hace cinco años...

—¡No...! —exclamó con agonía.

—Sí, Bella —la rodeó con los brazos y la pegó contra el pecho—. Imposible como puede parecer, aquella noche me enamoré de ti. Siempre te he amado. Sólo a ti. Tanto, que en estos últimos cinco años no ha habido otra mujer en mi vida ni en mi cama –añadió.

Bella se aferró a él a medida que asimilaba las palabras. Eso era más impactante que lo que le había contado acerca del accidente.

La amaba. Siempre la había amado.

Sintió las lágrimas por sus mejillas...

Lloraba por todo el dolor y la desilusión que inadvertidamente se habían causado el uno al otro por tantos malentendidos. Por todo el tiempo que habían perdido...

Se apartó levemente de él para mirarlo a los ojos.

–Gabriel, a pesar de lo imposible que debe parecer, yo también me enamoré de ti aquella noche –y adrede repitió sus palabras–. Siempre te he amado. Sólo a ti. Tanto, que en estos últimos cinco años no ha habido otro hombre en mi vida ni en mi cama.

La expresión de él no cambió. No parpadeó. No habló. Simplemente, siguió mirándola.

–¿Gabriel? –lo estudió preocupada–. Gabriel, te amo. ¡Te amo! –repitió desesperada–. Jamás fue mi intención decepcionarte después del accidente, sólo pensé que para ti había sido la aventura de una noche. Gabriel, por favor...

–Tú no me decepcionaste, Bella –cortó con aspereza–. Jamás me has decepcionado. Fui yo quien te decepcionó a ti cuando ni siquiera se me ocurrió que tú podrías creer que estaba enamorado de Janine. Fui yo quien te decepcionó al no pensar siquiera que podrías quedarte embarazada después de nuestra noche juntos. ¿Cómo puedes amarme después de lo que has sufrido debido a que mi orgullo me impidió volver a buscarte? ¿Cómo puedes amarme cuando mi arrogancia y mi intolerancia significaron que tuviste que pasar por el embarazo, por el nacimiento de Toby, por los primeros cuatro años y medio de su vida, completamente sola? Y para empeorar las cosas, cuando vuelvo a verte, te obligo a casarte conmigo –movió la cabeza–. No debería haber hecho eso.

–Eres el padre de Toby...

–Él no fue la causa por la que te impuse este matrimonio, Bella. Fue... –suspiró–. Al volver a verte, al darme cuenta de que aún te amo, ¡no pude soportar la idea de dejar que volvieras a alejarte de mí!

¿No se había casado con ella sólo por Toby?

Pareció desconcertada.

–Pero si sentías eso... si aún me amas...

–Ahora te amo más que nunca –le aseguró con ardor.

–Entonces, ¿por qué nos fuimos de la isla con tanta precipitación?

–Por el mismo motivo por el que no debería haber permitido que anoche hiciéramos el amor –cortó con tono lóbrego–. Casi mueres al dar a luz a Toby. No quería poner en peligro tu vida con otro embarazo no planeado, así que decidí que teníamos que irnos de la isla antes de ceder a la tentación que representaba estar allí a solas contigo. Que necesitábamos consultar con un obstetra antes de volver a hacer el amor. ¡Y, a cambio, nada más llegar aquí dejé...! –movió la cabeza–. Hoy tenía una cita con un especialista. Necesitaba saber que un segundo embarazo no pondría en peligro tu vida. Fue de poca ayuda –añadió disgustado–, y dijo que no podía emitir ningún juicio antes de examinarte.

–¿Hablaste de mí con un obstetra ...? –repitió aturdida.

–¿Y si estás embarazada ahora mismo, Bella? –la sola idea hizo que palideciera–. ¿Y si el tiempo que pasamos juntos anoche da como resultado otro hijo?

Bella esbozó una sonrisa lenta y beatífica al comprender que la marcha súbita de la isla y el estado de ánimo sombrío que embargó a Gabriel el día anterior después de hacer el amor habían sido por una sola razón.

–En ese caso, al menos yo estaré encantada –le aseguró feliz–. ¿No querías un montón de hermanos para Toby? –tentó mientras él aún parecía atribulado.

–No a riesgo de perderte a ti –afirmó con rotundidad.

–No sabemos con certeza que exista riesgo alguno –bromeó ella, impertérrita ya a la seriedad de Gabriel. La amaba. Se amaban. Juntos podrían superar cualquier obstáculo que apareciera en el camino.

–Hasta que no veas a ese obstetra, tampoco sabremos que no existe –persistió él.

–Ten un poco de fe, Gabriel. ¡Recuerda que eres un Danti!

Parte de la tensión lo abandonó.

–¿Te estás burlando de mí, Bella?

–Sólo un poquito –rio entre dientes–. Estoy a favor de correr riesgos. De hecho, creo que si corremos uno ahora, podría ser bueno para ambos... –añadió con voz ronca, tomándolo de la mano y conduciéndolo hacia la escalera.

La siguió como un hombre hechizado, incapaz de negarle nada.

Una vez que la había vuelto a encontrar, sabiendo que Bella lo amaba tanto como él a ella, que siempre había sido así, pretendía pasar el resto de la vida amándola y protegiéndola.

Su hija, Clara Louisa, nació sana y sin complicaciones exactamente un año después, seguida dos años más tarde por el nacimiento también sin incidentes de sus hijos gemelos, Simon Henry y Peter Cristo...

Bianca

¿Solo un peón en la partida de Salazar?

Donato Salazar no podía olvidar su trágico pasado y no tenía intención de perdonar al responsable. Dejar plantada a la hija de su enemigo sería la guinda del pastel de su venganza, y la bella Elsa Anderson era sin duda lo bastante dulce.

Pero Elsa no era la mujer mundana y vacía que esperaba, y se negaba a casarse con él. Su rebeldía provocó que la deseara todavía más, así que tendría que convencerla… lenta y dulcemente.

A medida que se acercaba la fecha de la boda, una cuestión pesaba con fuerza en la mente de Donato: Amar, honrar… ¿y traicionar?

UN PASADO OSCURO
ANNIE WEST

Acepte 2 de nuestras mejores novelas de amor GRATIS

¡Y reciba un regalo sorpresa!

Oferta especial de tiempo limitado

Rellene el cupón y envíelo a

Harlequin Reader Service®
3010 Walden Ave.
P.O. Box 1867
Buffalo, N.Y. 14240-1867

¡Sí! Por favor, envíenme 2 novelas de amor de Harlequin (1 Bianca® y 1 Deseo®) gratis, más el regalo sorpresa. Luego remítanme 4 novelas nuevas todos los meses, las cuales recibiré mucho antes de que aparezcan en librerías, y factúrenme al bajo precio de $3,24 cada una, más $0,25 por envío e impuesto de ventas, si corresponde*. Este es el precio total, y es un ahorro de casi el 20% sobre el precio de portada. ¡Una oferta excelente! Entiendo que el hecho de aceptar estos libros y el regalo no me obliga en forma alguna a la compra de libros adicionales. Y también que puedo devolver cualquier envío y cancelar en cualquier momento. Aún si decido no comprar ningún otro libro de Harlequin, los 2 libros gratis y el regalo sorpresa son míos para siempre.

416 LBN DU7N

Nombre y apellido	(Por favor, letra de molde)
Dirección	Apartamento No.
Ciudad	Estado Zona postal

Esta oferta se limita a un pedido por hogar y no está disponible para los subscriptores actuales de Deseo® y Bianca®.
*Los términos y precios quedan sujetos a cambios sin aviso previo.
Impuestos de ventas aplican en N.Y.

SPN-03 ©2003 Harlequin Enterprises Limited

Negocios de placer

CHARLENE SANDS

El millonario empresario hotele-
ro Evan Tyler no se detendría
ante nada hasta conseguir ven-
garse. Por eso, cuando surgió
la oportunidad de seducir a
Elena Royal, hija de su principal rival, Evan no se lo pensó
dos veces. No solo tenía intención de sonsacarle todos los
secretos de su familia mediante
la seducción, sino que pretendía disfrutar al máximo cada
segundo que pasara con ella.
Pero cuando la aventura llegó a

su fin, Evan se vio obligado a elegir entre la venganza y
el placer. ¿Encontraría el modo de conseguir ambas cosas?

*¿Qué era más grande, su sed de venganza o el
deseo que sentía por ella?*

¡YA EN TU PUNTO DE VENTA!

Bianca

Puesto que esperaba que su matrimonio fracasara, ¿podía apoderarse del precioso regalo de su virginidad?

Lo último que deseaba Gaetano Leonetti era encadenarse a alguien mediante el matrimonio, pero, para convertirse en consejero delegado del banco de su familia, su abuelo le exigía que buscara a una chica «corriente» para casarse. Decidió demostrarle lo equivocado que estaba eligiendo a Poppy Arnold, el ama de llaves. Sin pelos en la lengua y con una forma de vestirse poco habitual, era evidente que no sería una esposa adecuada para él.

Pero Poppy enseguida se metió al abuelo en el bolsillo, por lo que Gaetano se vio atrapado en una unión que no quería con una prometida a la que deseaba apa-sionadamente.

EL REGALO DE SU INOCENCIA
LYNNE GRAHAM